后浪·陕西省第二期"百优"作家丛书

春天说来就来

刘万里 - 著

陕西新华出版
陕西人民出版社

图书在版编目（CIP）数据

春天说来就来 / 刘万里著 . —西安：陕西人民出版社，2024.1
ISBN 978-7-224-14932-6

Ⅰ.①春… Ⅱ.①刘… Ⅲ.①长篇小说 – 中国 – 当代
Ⅳ.① I247.5

中国国家版本馆 CIP 数据核字（2023）第 082489 号

出 品 人：	赵小峰
出版统筹：	王亚嘉　党静媛
责任编辑：	党静媛
责任校对：	冯晓雯
装帧设计：	白明娟
版式设计：	蒲梦雅

春天说来就来

CHUNTIAN SHUOLAI JIULAI

作　　者	刘万里
出版发行	陕西人民出版社
	（西安市北大街 147 号　邮编：710003）
印　　刷	中煤地西安地图制印有限公司
开　　本	880 毫米 ×1230 毫米　1/32
印　　张	6.625
字　　数	147 千字
版　　次	2024 年 1 月第 1 版
印　　次	2024 年 1 月第 1 次印刷
书　　号	ISBN 978-7-224-14932-6
定　　价	49.00 元

如有印装质量问题，请与本社联系调换。电话：029-87205094

代序

时代向前，后浪奔涌

陕西省作家协会主席、陕西文学院院长　贾平凹

纵观中国当代文学的发展格局，陕西文学创作底蕴深厚，果实丰硕。一代又一代作家的继承与接续，使陕西文学在众声喧哗的多元文化轰鸣中，有着振聋发聩的独特力量。

时代的呼唤，激起层层后浪。对中青年作家的扶持和培养，是加强陕西文学人才队伍建设、特别是做大做强"文学陕军"品牌的必行之路，也是陕西省作家协会响应陕西文化强省建设的重要之举。2021年底，陕西省第二期"百优"作家遴选完成，集结了一批有担当、有作为、有学识、有激情的中青年作家。这些年轻一代作家在汲取优秀传统文化的基础上，不断打破写作土壤板结，在创作视野、题材和手法上寻求新的突破，展现出新时代的精神气象。

为了加大精品扶持和宣传推介力度，集中展示并扩大

"百优"作家优秀作品的传播力和影响力，激发作家的创作活力，由陕西省作家协会指导、陕西文学院具体组织编选了这套"后浪·陕西省第二期'百优'作家丛书"。丛书从第二期"百优"作家近三年创作的作品中遴选出10部具有代表性的优秀作品，涵盖了长篇小说、中短篇小说、报告文学、诗歌等体裁，充分展示了第二期"百优"作家对文学艺术的坚守与追求，展现了年轻一代"文学陕军"蓬勃的创作活力与丰厚的文化情怀。

时代向前，后浪奔涌。第二期"百优"作家虽还年轻，但在文学追求和写作技法上，已经积蓄了强大厚实的力量。愿我们的年轻作家承前浪之力，扬后浪之花，秉承崇高的文学理想，赓续陕西文学荣光，勇挑陕西文学事业由高原向高峰攀登的重担，让源远流长的陕西文学之河浩浩汤汤、蔚然奔流！

2023 年 7 月

一

我最初的记忆是从死亡开始的。

磨子沟是一条长约不足五千米的山谷，这里山清水秀，山谷两边森林茂密，鸟语花香，梯田密布，简直就是一个世外桃源。一座又一座土墙房子星罗棋布分布在山坡上，一到吃饭时间，山谷里就升起一缕一缕炊烟。春天，站在山顶朝下一望，层层梯田里开满金黄的油菜花，家家房顶上升起的炊烟在山谷缠绕，如云雾，感觉是来到了人间仙境。谷底有一条清澈的小溪，它没有名字，人们都叫它小河，小河是妇女姑娘们洗衣服的好地方。一到夏天，小河便成了小孩们的天堂，他们赤条条耍水捉鱼，玩游戏。一年四季，小河就这样慢悠悠地流淌着，就像山谷里的人们一样，不忙不急，慢悠悠地生活着。小河拐出谷口，尽头就是汉江，汉江水面很宽，水也清澈，但大人们是禁止小孩们去汉江河游泳的，因为每年夏天，汉江都要发生几起溺水事故。

磨子沟原是不毛之地，最初有刘家、陈家和吴家的人逃荒到这里，在这里生儿育女，一代又一代，枝繁叶茂，发展成了刘家、陈家和吴家三大家族，刘家、陈家和吴家都想统治磨子沟，恩恩怨怨斗了几十年，刚开始吴家是霸主，因为吴家出了个响当当的人物吴天山。民国十七年，吴天山投奔军阀部队，并练就一套百发百中的射击本领。两年后，他从西安逃离部队，潜回陕南老家，带领吴家兄弟占山为王成为土匪，他以凤凰山为据点，隐匿于主要路口，拦截过往行人，杀人越货，搞得路断人稀。不久，地方士绅联名保举他当乡队附，不久，他又当了乡长，成为南山一霸。吴天山担任乡长后，纠集当地的兵痞恶少为爪牙，大肆搜刮民财。凭借职权，滥设机构，如警备班、自卫队、理事会、维持会、税务小组、稽查小组、冬防指挥所、市场交易监督小组等，设立名目繁多的捐、税、补助、津贴。很快他成为暴发户，拥有大量的良田好地和砖木结构的四合院，家有护院、马弁、听差、长工、短工等，娶有一妻两妾，终日过着花天酒地的生活。新中国成立不久，汉阴县城解放，他自知罪责难逃，持枪逃进凤凰山匿藏，结果被搜山的当地公安就地击毙，吴家从此败落。进入了新社会，谁也不想再挑事，陈家和我们刘家就平分秋色，相安无事。

我家就住在磨子沟的沟口，门前斜坡上长满了密密麻麻的竹子，穿过竹林可以看见汉江和连绵的群山。其中有一座山峰很雄伟和险峻，正对着我家的大门，我想当年修建房子时，祖先一定是请了风水大师的，前面有群山、汉江和小河，房屋后面也有山，成簸箕形状，呈箕中间是块上等的坡地，无论种苞谷还是种小麦，亩产都比别的地方要多一倍。前面有山有水，后面有靠山有吃的，这也许就是祖先们想要的结果。我父亲他们三弟兄还有一个妹妹，据他们说他们的父亲的父亲是从湖北逃荒来到陕南南山的这条山谷里。三弟兄长大后，先后成家，成家后各自修了房，分开过，坎上坎下住着。最小的那个妹妹也嫁到本村本队。分家后，父亲省吃俭用，推倒了茅草屋，修建了土墙房子。土墙房是四大长间，堂屋里有座神龛，供着一个菩萨。母亲在这土屋里生了九个孩子，个个都有出息，这也许是母亲一生值得自豪的事。当然这一切都是后话了。

母亲大名叫黄大英，出生于民国八年一个叫石泉长阳沟的山沟里。母亲的母亲后来改嫁了，母亲跟随着她母亲来到了漩涡街后面的山包上。母亲是个大美人，十六岁嫁给我父亲，嫁到了磨子沟。

我的父亲我们都叫他三爹，因为他上面还有两个哥哥。我出生的这天，刚好全国都在欢庆新中国成立，父亲给我取了一个在当时高大上又时髦的名字，大名就叫刘建国，小名就俗不可耐了，叫五狗。因为我的上面还有四个哥和一个姐，下面还有两个弟弟和一个妹妹，我们的小名自然就是大狗二狗三狗这样依次排下去，大姐的小名叫什么狗显然不合适，大姐出生的时候蜡梅花正盛开，父亲干脆就给她起名叫蜡梅。

记得小时候，大姐最喜欢带我去外公家，外公家院子里小伙伴很多。那时没有电，照明是煤油灯，没有电自然就少了很多文娱活动，没电视看没手机玩耍，我就跟在比我大一点的伙伴们屁股后面满山跑，玩打仗捉迷藏，或在树上制作一个秋千，嘻嘻哈哈荡秋千，累得满头大汗；或在茂密的竹林里爬在竹子上，从这一棵快速地移动到另一棵，我们你追我赶，有种江湖侠客的感觉。小伙伴个个穿的都是补丁衣服，有的是补丁摞补丁，裤子大洞小洞，穿的鞋子要么是草鞋，要么是露出脚指头的破鞋，甚至还有光脚丫的，但这不影响我们在山里快速奔跑。那时家家大都不富裕，粮食也不充足，但贫穷并没有影响我们玩耍的快乐。我们就地取材，自己制作游戏工具，如木手枪、铁环、沙包、弓箭、弹弓等，甚至异想天开地拿着弓箭、弹弓满山地去追赶野兔。

外婆我没见过，听我母亲说，外婆生病去世时，小姨才两岁。

外公家在漩涡街后面的山顶的一处平地上，这里有四户人家紧挨着，很大的院子，门前有竹园，后面山坡上有枣树、梨树、橘子树和桃树，一到春天，百花争艳，万紫千红，蝴蝶蜜蜂也来凑热闹，蝴蝶围着花朵飞舞，蜜蜂在花蕊上嗡嗡叫着，而我们这些小伙伴就围着蝴蝶转，一直想活捉几只蝴蝶，而对蜜蜂不感兴趣，见到蜜蜂也躲得远远的，生怕它蜇人。我的大哥在山上砍柴，曾捅了马蜂窝，被蜂追得到处跑，大哥虽然跑得快，还是被蜂蜇了几下，结果脸肿得跟大冬瓜一样，膨胀的肌肉，让大哥的大眼睛变成了眯眯眼。母亲急得不得了，用新鲜的童子尿给大哥清洗伤口，大哥虽不情愿，但他也没有啥好的办法，只好唉声叹气。那时大哥就警告我，以后见到蜂，管它蜇人还是不蜇人，都不要去惹它们，它们真是一群疯子。看到大哥痛苦的样子，我深深记住了大哥的话。

六岁那年的一个春天，阳光明媚，我脱下了破棉袄，这件破棉袄是大哥小时候穿的，它就像传家宝一样，大哥传给二哥，二哥又传给三哥……传给我时，上面已大大小小缝了十几个补丁，我都不好意思穿了，如今终于脱掉了，我感觉到浑身轻松，风吹在脸上暖暖的，身上也痒痒的，我独自一个人偷偷去了外公家。去外公家先要翻山越岭，然后沿着江边行走，有时有机动船在江面嘟嘟驶过，随即就是一浪又一浪的波涛朝我涌来，拍打着脚下的崖石，哗哗地响。我没有一丝胆怯。沿着江边行走还要跨过两条小河，小河上有跳石，我也不知道我是怎么跳过去的。然后要穿过乱石丛林。河边密密麻麻地布满了大大小小的石头，感觉一眼望不到头，人们为了抄近道，就从这石头里"踩"出了一条路，路的两边石头缝里偶尔点缀着几朵小花。路的左边靠山脚下有一个小湖泊,水清澈见底,湖泊中间有一个大石头凸起,就像一个小岛。一只乌龟趴在小岛上晒太阳,要不是四周有水,我早就过去把这只乌龟捉住了。我捡起一个小石头扔了过去,小石头落在湖中的"岛"上,弹到水里,扑腾一声激起水花,那只乌龟早已跑到水里不见了。后来我就一直惦记着这只乌龟,直到我到漩涡小学、漩涡中学上学,每次上学路过这里,我都要朝小湖中的那个大石头瞅一眼,那只乌龟一直没有再出现,也许是发洪水,小湖被淹没后那只乌龟早就离开了这里,去了很远的地方了。有时我就猜想,它顺江而下,去了安康、武汉,然后进入长江,再进入大海……我的梦想就是从那时开始的,望着四周连绵的群山和天上的白云,我想要走出大山,像那只乌龟一样去山外看看。

穿过漩涡街,然后顺着山坳爬山,一会就来到了外公家。

外公家的那只大黄狗老远见了我,向我奔来朝我身上跳跃,它在跟我玩耍。外公家空气很沉闷,没人理我。外公阴着脸,抱着水烟袋默默抽着,吐出一口又一口的浓烟,大舅二舅三舅站在一边不语,小姨在抹眼泪,唯独小舅没见。小舅对我可好,经常带我去玩,有好吃的尽量让着我吃。

"小舅呢?"我问小姨。

小姨不回答,眼泪流得更厉害了。

外公放下水烟袋,拍了一下桌子,外公用的力气很大,桌上的水烟袋弹了一下,我的心跟着也跳了一下。外公站了起来,他从西厢房里出来时,手上多了一把土枪,此刻的阳光打在外公酱红的脸上,脸上充满着愤怒,眼睛血红血红……外公呼吸急促,哈出的气中弥漫着烟味酒味。外公嗜酒如命,他一定就在刚才取枪前喝了几口酒。

二舅拦了上去说:"大,天色不早了,你不能去!"

"我要报仇!"外公推开二舅,大声说,"我要亲手宰了它!"

大舅和三舅也拦住了外公,三舅说:"大,等处理完四弟的事再说吧,到时我们陪你一块去给四弟报仇。"

外公蹲在地上号啕大哭,这时我才注意到院子里的一口薄薄的狭小的棺材。外公要报仇,给谁报仇?我问小姨,小姨告诉我,小舅去山上砍柴失踪了,外公就去山上寻找,寻找到了一堆骨头,外公根据地上留下的衣服和一些狼毛判断,小舅被狼吃了。外公把这些骨头捡了起来,装在了棺材里。

第二天,母亲赶来了,哭了一场。葬礼很简单,把棺材抬到坡上就埋了。

我的小舅就这样走了,走得无声无息,那时我还不知道什么是死亡,以为小舅去了远方,他很快就会回来陪我玩耍。甚至以为,小舅躺在棺材里,是在跟我躲猫猫。有时我还去小舅的坟头喊小舅出来陪我玩耍,小姨把我带走,叹了一口气说:"你小舅永远回不来了。"直到小舅的坟头长满杂草,杂草里又点缀着几朵野花,一只蝴蝶围着花朵翩翩起舞,我才醒悟过来,小舅走了,永远地走了,再也不能陪我玩了。

外公喜欢打猎,以前经常打些野兔野猪毛狗子(注:民间一般把"貉"称为"毛狗子")什么的,而这些东西常常成了我们的美味。外公为了给小舅报仇,在山里放了夹子,埋了土地雷,但结果一无所获。以前可不是这样,外公头天布下机关,第二天早晨去收猎物就是,但现在连一只野鸡也套不上。难道这些动物都成了精?外公决定主动出击,每天提着土枪在山里转悠,他在寻找那只大灰狼。外公认得那只狼,那是一只母狼,去年外公用夹子套了一只狼崽，狼崽已奄奄一息，有人已提前高价预订了狼肉，漩涡街上一户有钱人家需要用狼肉来"补五脏，御风寒，暖肠胃，壮阳填髓"，还有一户要用狼崽肉做药引子。外公犹豫了一下，用枪托打死了狼崽，就在这时他发现一只母狼瞪着发绿的眼睛，做好了要扑上来的架势，外公用枪对准了母狼扣动了扳机，母狼转眼就消失在丛林里了。其实外公在打死这只狼崽后，心里一直充满愧疚，当初应该放了它，现在外公彻底后悔了，当初不该杀这只狼崽，如今这只母狼吃了小舅，是为了报仇，还是巧合？我想不明白，外公也想不明白。

外公在山里转悠了半个月，刚开始大舅二舅三舅陪着，有种上阵父子兵打虎亲兄弟的味道，结果他们连一点狼毛都没见到，三个舅舅就泄气了，不想在山里转了，外公不罢休，依然在山里寻找那只大母狼，他要为死去的小儿子报仇，要用这只狼的头来告慰我的小舅。外公开始孤军作战，好在那只大黄狗一直忠心耿耿地陪伴着外公。

那天飘着小雨，雨淅淅沥沥地一直下着，天空仿佛被套在阴冷的牢笼里。这个日子我记得好像应该是惊蛰过后的第十天，小河边的柳树已绿，田里坡上的油菜花开得轰轰烈烈，山上的木棉花、桃花等也不甘落后，都抢着开放。

外公这天扛着枪，穿着蓑衣戴着斗笠，枪上挂着一个酒壶，狗在前面奔跑着。外公这天走得很悲壮。望着外公的背影，我就想起了林冲，想起了外公给我讲《水浒传》里的那段"林教头风雪山神庙，陆虞候火烧草料场"的故事，我把外公想成了林冲。外公参加过抗日战争和解放战争，还参加了抗美援朝的上甘岭战役，所以外公在我的心目中一直是个英雄，是我崇拜的偶像。

雨突然停了,外公翻过一座山,钻入了树林深处。

跑在前面的狗突然叫了起来,外公端起了枪警戒着,外公早已把酒壶挂在腰间了。透过树的缝隙,外公看见大黄狗奔向了大灰狼,它们撕咬了一番,大灰狼转身跑了。外公认得那只大灰狼,它就是外公一直在寻找的那只母狼。外公很兴奋,踏破铁鞋无觅处,得来全不费功夫,外公抿了一口小酒,拨开身边低矮的灌木丛追了上去。

前边山腰传来了大黄狗的嚎叫,声音很凄惨,外公感觉不好,连滚带爬,加快了脚步,朝惨叫声跑去。

惨叫声慢慢变小了,最后消失了,山谷突然变得很寂静,外公闻到了血腥味,血腥味随着微风在山谷飘荡。在一处低洼处,外公看见了血淋淋的大黄狗,外公扑上去抱住自己心爱的大黄狗,它被大母狼咬断了脖子,死了。外公的泪水滚了出来,这只大黄狗陪伴了他多年,他早已把这只大黄狗也当成了自己的孩子。

外公站了起来,瞪着血红的眼睛四周看了看,他看见十米开外的一块石头上坐着一只大母狼,狼伸着长长的舌头,向外公发起了挑衅。

外公举起枪,大母狼迅速跳下石头,钻入了树丛。

外公朝枪筒里装上火药和铁砂子追了上去,透过树叶缝隙,他看见大母狼走路一拐一拐的,原来它也受伤了。外公几次举起枪,大母狼总是在树丛中若隐若现,外公心里清楚,他现在用的是土枪,里面装的是火药和铁砂子,必须要一枪毙命,如果大母狼反扑上来反咬一口就很危险了,因为没有时间装火药和铁砂子。如果外公有只半自动枪,他早就把这只大母狼猎杀了。

大母狼在前面走走停停,外公走得快,狼也快,外公走得慢,狼也慢，外公被狼牵着鼻子在山谷里兜圈子，大母狼有时故意停下来，回头，伸出长长的舌头，发出咕噜咕噜的声音，向外公挑衅，好像在说，来啊，来啊，快追我啊！

外公走得筋疲力尽，靠在一棵大树上气喘吁吁，外公觉得自己老了。外公在大口喘气时，四周看了看，周围怪石林立，树木参天，树林里飘着一缕一缕云雾，阴森又诡异，外公感觉迷路了，这个地方他以前没来过。

外公突然发现，他的四周布满了发绿的眼睛，这些眼睛闪着幽光，又透着阴森森的寒气，外公感觉到不好，他已被群狼包围了。那只母狼正得意地望着外公，其他狼都在虎视眈眈地望着外公，等待母狼下进攻的命令。外公明白了，那只母狼一拐一拐，是故意要把他引进狼窝。

母狼仰天嗥叫一声，声音在山谷回荡，一只公狼发起了进攻，腾空而起扑向外公，它在试探外公的实力。

外公扣动扳机，那只狼从空中坠了下来，躺在地上一动不动。

群狼一怔，朝后退了一步，外公趁机装火药，装得很匆忙，他的额头已开始出汗了。

群狼发起第二次进攻，十几只狼扑向外公，外公扣动扳机，子弹如蒲扇般散发出去，正前方的几只狼被铁砂子击中，痛得嗷嗷叫，在地上打滚。后面的几只狼也扑了上来，外公没有时间装铁砂子，抡起枪托朝狼的头上砸去，一只狼被打倒在地。外公把土枪舞得团团转，不让狼近身，他心里一直在琢磨着如何逃跑。母狼在指挥着狼群的进攻，外公的枪被打成两截，他的腿也被狼咬了一口，他边战边退，鲜血染红了草丛里蓝色的满天星。

外公退到了悬崖边，那只大母狼突然向外公发起了进攻，外公躲闪不及，它咬住了外公的脖子。外公双手也卡住了狼的脖子。他们扭打着僵持着挣扎着，外公抱着狼滚下了山崖。

第二天，人们在山下发现了外公的尸体，外公紧紧抱着狼，狼也死了。

外公和小舅埋在了一起。

清明时节，外公的坟头也长满了杂草。母亲带着我去上坟，当我跪在外公的坟头时，我才真正知道了，人死不能复生，但我却希望他们能复活。那一刻我似乎长大了，懂得了什么是死亡。

小舅和外公的去世，让我童年的记忆从死亡的阴影中开始了。

二

死亡开启了我的记忆，饥饿和响屁让我记忆永恒。

我上学晚，八岁才开始上一年级。学校就在我家隔壁，是由仓库改建的，有两排房子，两间教室，一个老师，老师是我姑的女儿，很年轻，二十出头，我从没把她当老师，只是把她当成姐姐。我一点不怕她，上课常常调皮捣蛋，还常常逃课，去小河里捉鱼捉泥鳅捉螃蟹，或去坡上玩耍抓蝴蝶采野花，甚至去偷坡上的水果吃，有时还搞些恶作剧。比如在必经的路口挖些小陷阱，上面铺上草，我躲在树林里，当有人不小心一脚踩在陷阱里，身子一歪，大叫一声时，我就捂着嘴偷偷笑。还有南瓜快成熟前，我用随身携带的小刀，在南瓜上掏一个小口子，塞进一块石头，然后再把剜下的那块南瓜完好地弥补上，过不了多久，南瓜伤口愈合，不留一点痕迹。等南瓜成熟时，主家把南瓜摘回去，放在案板上用菜刀狠狠一刀剁下去，只听得咣当一声，菜刀砍在石头上，刀刃卷起一个豁口。

王婶家的菜刀就砍坏了两把，她心里很生气，这可是刚买的菜刀，用积攒下的鸡蛋买的，菜刀刚开张就砍了一个豁口，她心里气啊。有人向她举报了我，她提着菜刀就去我家讨说法，我母亲也不是吃素的，反问王婶要证据，王婶拿不出证据，只好作罢。两家本来就为一些鸡毛蒜皮的事不和，发生这事后，王婶和我母亲跟仇人似的，互不往来，见了面谁也不理谁，都装作没看见。王婶还警告我，不要跟她女儿往来，否则对我不客气。我心里骂她是地主婆，有啥了不起的，现在想翘尾巴了。新中国成立前，王婶家可是地主，在磨子沟可以算是首富，后来土地被没收，风光不再，他们就夹着尾巴做人。如今看来，他们又想翘尾巴了，你看她的几个儿子在磨子沟里耀武扬威，都不知道自己姓啥了。不过她的小女儿陈小红对我挺好的，就像个跟屁虫整天跟在我后面，我们都叫她"小地主"。这个"小地主"很瘦小，仿佛刮一阵风就能把她吹走，而她的妈却长得五大三粗，我们都怀疑"小地主"不是王婶的亲生女儿。

警告归警告，陈小红依然是我的跟屁虫。我曾拍着胸脯向她保证，我一辈子要保护她，谁要敢欺负她，我为她出气，为她挺身而出，为她上刀山下火海在所不辞。在磨子沟里没人敢欺负我，是因为我的几个哥哥厉害，没人敢惹他们。

父亲和我的几个哥哥每天都不知道在忙啥，我常常回家见不到他们人，我问母亲，母亲说我三爹带着生产队的劳动力去公社修水库了，三爹作为生产队的小队长为了起到榜样的力量，自然把我的几个哥哥也带去了。

那年的冬天，天很冷。我的四哥就死在那个寒冷的冬天，年仅十五岁。

那时的磨子沟没有电，家家户户用的都是煤油灯。没有电，自然就没电视可看。天一黑，如果没有啥事，一般大家都早早睡了，早睡可以节省煤油啊，那时煤油很金贵。记得那天我早早就钻进被窝里，三爹推开门带着一股冷风，桌子上的煤油灯左右摇曳，四哥被大哥和二哥扶进屋里，不停地咳嗽，一声又一声。母亲问："怎么了？"三爹说："四狗生病了，你去弄点姜汤来，我去请大夫。"

三爹急急跑了出去，一会儿带着一个中年男人来，那人站在门口犹豫了一下，目光躲躲闪闪，被三爹一把拽了进来。我认得他，他是兽医，我们都叫他劁猪匠。据说村里的猪只要见了他就胆战心惊，吓得缩在猪圈里哼都不敢哼一声，甚至还有大人晚上哄哭闹的小孩，只要说劁猪匠来了，小孩顿时不敢哭了。我不怕他，甚至还有点盼他来，因为每次他来我家劁猪，母亲心疼我，就悄悄把猪罩丸弄成汤给我吃，那种味道至今让我回味无穷。

我从床上跳了起来，我要阻止劁猪匠，我说："你们不能劁我四哥。"

大哥和二哥扑哧一声笑了，三爹跟着也笑了，三爹笑得勉强，鼻子翕了几下说："我也是没办法啊，这里离漩涡街太远了，磨子沟里只有这么一位大夫，人家死活不肯来，还是我硬把人家绑架了来的。"

我说："反正你们不能劁我四哥。"

二哥把我推了一下："滚回你的被窝，这里没有你的事。"

劁猪匠腿不停地颤抖，说："我只会劁猪，我可从没给人看过病。"

三爹安慰道："俗话说人畜一般，你就死马当活马医吧！看不好，我不怪你。"

劁猪匠无奈，只好装模作样，又是号脉搏又是摸额头又是配置药方，最后还在四哥屁股上打了一针。看着那又长又粗的针头，我头上冒汗，吓得大气都不敢出，仿佛这针头扎在我的屁股上。这一针打下去后，四哥慢慢安静多了，不再说胡话了。

那明晃晃的又长又粗的大针头老是在我眼前晃动，我不敢闭上眼，一闭上眼，眼前便是无数的大针头朝我奔来。

"这到底是怎么回事？"母亲的声音。

"造孽啊！"三爹的声音。

"这到底是怎么回事？"母亲又重复问了一遍。

三爹说："我们这里的劳动力都集中去修水库，每天喝三餐稀粥，哪有力气干活，挑土走得慢腾腾的。前几天，上边来人检查，公社社长黄万鹏为了向上级邀功，要表现民工的冲天干劲，便命令全体民工都把棉衣脱掉，只穿单褂裤头。我表示反对，但黄万鹏依然坚持要我们脱掉棉衣，当时天寒地冻，北风刺骨，民工冻得挑起担子不得不飞快地跑，以使身体发暖。四娃本来身单体薄，这么折腾下来就感冒发烧了……"

迷迷糊糊中，我终于睡着了，三爹和母亲后来说了什么，我就不知道了。那天晚上，我做了噩梦，我被无数的针头追杀。因第二天是星期天，不用去学校，所以我放心大胆地去睡，要睡到自然醒。

等到醒来时，已是中午，竟然没有人喊我起来吃饭。屋里空荡荡的，三爹和母亲，以及几个哥哥都没见了。我揭开锅盖，锅里又是红薯，我看了一眼就不想吃了。上顿下顿都是红薯，要么就是苞谷南瓜洋芋，我一直想吃一顿纯大米，没有掺杂苞谷的纯大米，这个美好的愿望，看来只有等待过年才能实现了。

我站在院子里，望了太阳一眼，太阳懒洋洋的，无精打采，我长长叹了一口气。这时，我看见了大姐，她提着一篮子猪草朝我走来。我问她三爹、母亲和几个哥哥去了哪里，大姐说你四哥今早烧得厉害，说胡话。三爹做了一副竹竿，把四哥抬到漩涡街上的医院去了。

磨子沟离漩涡街有三十里路，山路崎岖，还要过两条小河，我真想去漩涡街上去看看四哥，但肚子又饿得咕咕叫，感觉没有力气走这么远的山路。我在锅里拿了两个红薯，朝学校方向走去。学校旁有个财神楼，上下两层，也不知道建于何年何月，反正它比我爷爷岁数都大。听说以前里面供着财神，如今都荒芜了，财神也没见了，下面改成了生产队的牛圈。我爬上财神楼，眺望着他们回来必经的路口。

夕阳下山了，路上连个人影都没有。鸟儿也开始归巢，树林里竹林里叽叽喳喳叫声一片，叫得我心烦，我找了一块泥巴，朝竹林里扔去，扑棱扑棱，惊飞一群鸟，它们飞到一边树林里去了。接着又是叽叽喳喳叫声一片，我站起来大声说："别得意，有机会我一定要活捉你们。"

夜幕开始降临，鸟的叫声慢慢也停了。远处的路口有人影，我睁大眼睛仔细辨认，是三爹和母亲他们。

我跳下财神楼朝他们跑去。

大哥和二哥抬着滑竿，他们眼里有泪。三爹和母亲阴着脸，一句话都不说，母亲虽是小脚，以前走路可是健步如飞，今日却有点蹒跚，身子也在发飘，要不是三爹几次扶住她，母亲恐怕就跌倒了。

没人理我，滑竿吱吱呀呀响着，我看见四哥躺在上面，上面盖着一个白单子。

大哥和二哥在院子里停了下来，三爹在院子里支起了一块门板，大哥和二哥把四哥轻轻放在门板上，四哥睡得很安详，我不明白他们为啥不把四哥抬进屋里而是放在院子里。母亲扑在四哥的身上，哇的一声哭了。此时，我才知道，四哥死了，四哥没有抢救过来。

安葬完四哥后，母亲哭干了泪水，眼睛也变得空洞，常常坐在院子里发呆。三爹也变得沉默寡言了。

几天后，公社下放干部来到了我们生产小队，他们是来完成公粮征收任务的。三爹作为小队长，立即召集社员们到学校教室里集合开会。我们这些小孩就趴在窗外看热闹，窗户没有玻璃，是敞着的，有几个小伙伴就在窗户的窟窿里钻进钻出。下放干部说："其他各生产队都已完成任务了，唯独你们这个小队没有完成，黄万鹏书记已非常生气了，特派我来指导工作。"三爹一听到黄万鹏这三个字，心里就非常生气，要不是他为了邀功，让大家脱掉棉衣，穿单裆裤头，四哥也不会死。何况三爹已组织大家缴过头粮，再缴大家吃啥？

三爹站了起来大声说："如果再交粮，群众过年就没有粮食吃了。不信，你派人到我小队搜查，我讲假话，甘受处分。"话音一落，三爹便遭到一顿严厉的批评。但社员们仍不表态，下放干部无奈，只得草草散会。

第二天，公社便召开了大会，把三爹作为典型，罚他站立，低头弯腰。批斗后，当场宣布撤职，小队长一职由陈小红的父亲陈大头担任。

这年冬腊月，很冷，老房子的门窗都是木制的，很难关严，处处漏风。母亲用报纸把窗户糊上，这是冬天家家户户都要做的一件事：裁纸熬糨糊糊窗户。窗户一般都是固定死的，所以整个冬天都没人开窗，也无法开窗。事情正如三爹所预料的那样，好多人家没有多余粮食，都勒紧裤腰带过日子，不敢浪费一粒粮食。就在青黄不接，就在人们吃了上顿没有下顿的时候，一个振奋人心的消息传进了我们的耳朵。各村生产队都成立了公共食堂，今后吃饭不要钱，放开肚皮吃饭。那食堂饭厅里的大灶大锅我也悄悄去光顾过，但我依然是半信半疑，没想到这很快变成了现实，真的吃饭不要钱，可以放开肚皮吃。每天我都把小肚子吃得圆滚滚的，这还不罢休，还要把吃不完的馒头悄悄带走。我们小孩都这样，大人们也是吃不完兜着走。刚开始，还有人打小报告，后来人人都这样，人们也就习以为常，见怪不怪了。

放开肚皮吃饭的那段时光感觉非常美好，无忧无虑的我们吃饱后，精力充沛，我带着小伙伴去坡上打仗摔跤躲猫猫，或在田野里爬上树掏鸟蛋，或在小河边打水仗。"小地主"陈小红依然是我的跟屁虫，我撵都撵不走。

我母亲不喜欢"小地主"这个黄毛丫头，"小地主"的母亲王婶也不喜欢我这个野孩子。自陈大头接替我三爹的位子后，王婶说话的嗓门更加大了，腰板也挺得直直了。她的几个儿子更是张牙舞爪的，耀武扬威，没人敢惹。他们说陈小红的爹陈大头跟公社的黄书记还是什么亲戚关系，怪不得陈小红的大哥黄牛、二哥黑牛那么猖狂。他们虽然狂妄，但他们还是怕我的二哥和三哥，二哥能一掌把砖头削成两截，三哥能一脚把猪踢死。我母亲有了这么厉害的两个儿子，自然也有了底气，她恨黄书记，她也认为是黄书记害死了我的四哥。母亲没把黄书记放在眼里，自然也就不怕陈大头一家了。

夏天说来就来了，这年的夏天特别热。听说县上组织了几万劳力上凤凰山砍树，磨子沟里的男劳力都去了，三爹带着二哥自然也去了。三哥本来也要去，被母亲拦住了，虽然他个子比母亲高一头，毕竟他还是一个未成年的孩子，身体正是发育的时候，母亲不想看到四哥的悲剧在他身上重演。

有一天，黄书记从我家门前路过，见到我母亲，开口就说："在你们这里还有那么多高大的板栗树，都长在路边，怎么不把它们砍下炼铁？要是让省、地区领导路过这里看到，岂不认为我们大炼钢铁不力，影响多坏！"母亲回答说："黄书记，这树刚进入盛果期，每棵一年能收一百多斤板栗，砍下烧掉太可惜了。"黄书记说："最近上面发来文件介绍经验，说汉阴县平梁公社把桌、椅、板凳都用来炼铁了，板栗树算什么？"母亲不知天高地厚地说："我们要向好的看齐，错误的不能学。"黄书记脸都气绿了，"我不跟你一般见识，我告诉你，这树必须砍。"母亲扬起手中的弯刀说："黄书记，我也告诉你，我早都不想活了，兔子逼急了也会咬人，如果你砍了我的树，我就砍下你的脑袋当夜壶。"黄书记气得连茶水也没喝一口，拔腿就走。后来，公社几乎砍光了板栗树，唯有我家门前的一大片板栗树被保存下来，其中不少至今还在结果。但此事却为以后批判我的母亲埋下了隐患。

这年夏天，磨子沟里漫山遍野的庄稼长势喜人，根据往常的经验，等待村民们的将是一场大丰收。但村里男劳力和年轻的妇女们都热火朝天去凤凰山炼什么铁去了，剩下的都是老弱病残，眼看庄稼成熟了，却没人敢去收割。在这节骨眼上，一场百年不遇的特大暴雨不期而至，稀里哗啦狂泻了七天七夜。磨子沟里的几条山沟浊浪滔滔，汉江也暴涨，水漫延进了磨子沟，长长的磨子沟变成了另外一条江。村民们眼睁睁地看着洪水摧垮道路和堤坝，成熟的作物一片片地倒下或者被洪水淹没。磨子沟还发生了泥石流，老孙家房子倒塌，老两口和孙子被淹没，儿子和儿媳在凤凰山干活，躲过这一劫。

第二年开春后，大食堂由原先的一日三餐，慢慢变成了一日两餐，最后大厨们也巧妇难为无米之炊，没有粮食，大食堂揭不开锅了，厨师们也回家了。

村民家家的铁锅铁器早就被没收了，如今就算你想做饭也没有锅。好在我母亲私藏了一个小锅，可以煮红薯煮洋芋，后来没有啥可煮的了，母亲带着我们去山上挖野菜，野菜挖完了就吃树叶吃树皮，甚至吃观音土。这种土白白的又柔软，看上去有点像灰面，吃下去后难消化，最头痛的还是排泄问题。六弟贪吃，吃完后拉不下来，在茅房一蹲就是半天，还是拉不下来。

三爹看着一家老小，欲哭无泪。母亲也饿得面黄肌瘦，说话有气无力，走路也是摇摇晃晃。

天无绝人之路。汉江边上有一座粮站，从江边到粮站是一条蜿蜒小路，连架子车都无法通行。每次运粮机动船停在岸边，就需要劳力把船上一袋又一袋的粮食扛到粮站，三爹自告奋勇，带着二哥和三哥去扛麻袋。麻袋有时装的是苞谷或者黄豆，三爹有时故意把麻袋弄一个小口,让苞谷或者黄豆撒出来,我和六弟、七弟就跟在三爹后面在路边和草丛里捡苞谷和黄豆,那些地上的生黄豆和苞谷,我们捡起来连擦都不擦一下,便塞进了嘴里,囫囵吞枣吃了下去。肚子吃饱了,我们就把捡的这些黄豆和苞谷装在口袋里。口袋装不下,六弟和七弟脱下裤子,把两个裤腿用麻绳一捆,变成了装粮食的口袋。

母亲把我们捡的黄豆和苞谷装在两个缸里,偷偷藏了起来,每天该吃多少,母亲都是计划着,不敢浪费一点粮食。而我们喜欢把捡来黄豆炒着吃,炒黄豆吃多了,就不停地放屁。每当放屁时,我用手做个手枪的样子,朝小伙伴头上一指,噗的一声,一个响屁,小伙伴就很配合地身子一歪倒在了地上,引来一片哈哈笑声。最自豪的是,有时放连环屁,两个手做个冲锋枪的样子,左右横扫,噗噗噗,响屁接着一个又一个,地上躺下了一片。

而最不服气的就是黄牛,他向我发起了挑战,比谁放的屁最多。约好了时间,回家后我们就开始准备。放屁也是一个技术活,啥时该放,啥时不该放,不好掌握。回家后我就拼命吃黄豆,把母亲存的黄豆偷吃了不少。约好的时间到了,是在那棵大皂角树下比试。小伙伴早就到了,还有啦啦队。我和黄牛闪亮登场,都憋红着脸开始酝酿,手舞足蹈地做着招式,我一口气放了三十个响屁,而黄牛只放了二十五个响屁。"响屁大王"的冠军称号戴在了我的头上,我非常得意。别小看这个"屁王",谁要不听话,"屁王"手一指,嘴里啪的一声,你就中枪了,你就要乖乖躺在地上,这是我们的不成文规矩。

母亲知道我为了参加"屁王"大赛,偷吃了几斤黄豆,气得要打我。我跑得快,母亲是小脚,追不上我,气得蹲在地上号啕大哭。

时过境迁，至今我还记得母亲蹲在地上号啕大哭的样子。

三

三爹跟陈大头的关系本来就不好，自陈大头接替三爹当上小队长后，两人的关系变得就更加微妙了，两人见面谁也不理谁，装作没看见，就跟仇人似的。

闹饥荒前，陈大头带领小队的劳力到凤凰山上砍树。三爹眼见地里的庄稼成熟了，如不及时收割，再下一场大暴雨，庄稼就会发芽、烂掉。小队的劳力都在凤凰山上，没人收割怎么办？三爹就动员大家回去收庄稼，大家走到半路上就被陈大头拦住了，不准回去收庄稼。三爹不情愿地说："再不收割，庄稼就会烂在地里，将来社员吃什么？"

陈大头说："你知道吗？现在砍树是压倒一切的中心任务。"

三爹说："压倒一切，不等于压掉一切。"

陈大头把这事向公社书记黄万鹏做了汇报。黄万鹏召开大会，狠狠批评了三爹一顿。无疑，这在三爹的思想右倾账上，又记上了一笔。结果，一场百年不遇的暴雨稀里哗啦下了七天七夜，地里的庄稼全倒在地里。饥荒或多或少跟陈大头和黄万鹏有一定的关系，但他们却装得没事一样，还让社员们不要私下议论此事。

一夜之间，漩涡街上竖起了一座又一座土高炉，土高炉整天都冒着浓浓的烟,在漩涡街的上空盘绕着,久久不散。

那时,我已到漩涡小学上学了,每天上学路过漩涡街,我都要把这些土高炉看几眼,一座又一座,我把它们看成了碉堡,如果能躲猫猫是个不错的好地方。

一天,三爹回来后很生气,说要举报陈大头和黄万鹏,说他们弄虚作假。母亲问他们怎么弄虚作假,三爹说:"汉江里有很多大石头,陈大头把炼出的铁水浇在大石块上,用铁水把大石块完全包裹后,待铁水冷却,就形成外面一层铁、里面全是巨大石块的'铁块'。上报钢铁产量时,磨子沟公社产一百万斤,在整个南山,磨子沟公社排名第一,陈大头和黄万鹏被县上通报表扬,还让他们披红戴花在全县演讲。"母亲就劝三爹,让他不要举报,陈大头和黄万鹏是亲戚,何况黄万鹏又不是一般人物,得罪不起。三爹不信邪,非要举报陈大头和黄万鹏。母亲就去找大伯,让大伯去做三爹的思想工作,大伯的老婆我们叫伯娘,她跟陈大头的老婆是亲姊妹,所以大伯跟陈大头还是挑担(连襟)。大伯给三爹分析了利弊,劝他多一事不如少一事,但三爹油盐不进,三爹认死理。三爹不识字,就让大哥写检举信,而这些检举信又落到了黄万鹏手中。黄万鹏是个笑面虎,装作什么都不知道,见了三爹非常客气,一口一个老弟叫得非常亲热。背地里,却一直都在算计着如何收拾我三爹。

母亲整天唉声叹气,大哥的婚事成了母亲的一块心病。

大哥从小就多病,身体体质很差,出水痘时没能及时治疗,结果满脸都成了麻子,坑坑洼洼,看上去很难看,人们都叫他刘麻子。大哥今年都二十八岁了,连对象都没有,在农村可就是大龄青年了,母亲托亲朋好友给大哥介绍了几个姑娘,她们没有一个能看上我的大哥。大哥长相虽然丑点，但他高中毕业，那时的高中生比较稀缺，相当于现在的本科生。胸中有点墨水的大哥，心高气傲，他总是这样对母亲说："她们看不上我，我还看不上她们呢。放心吧，我一定会找到老婆的。"大哥虽然这样说，母亲心里却非常着急。这时，陈大头主动向我母亲示好，他有个远房亲戚，有个儿子和两个女儿，那个儿子腿有点瘸，也是老大不小，一直讨不到老婆，但他两个妹妹模样还算可以，也到了该出嫁的年龄，这个儿子是个独苗，父母很着急，想把香火传下去，就想换亲。陈大头在中间撮合，让我大姐嫁给那个瘸子，他的两个妹妹同时嫁给我的大哥和二哥。这家人家的姐姐长相一般，倒是妹妹模样还俊俏。母亲立即满口答应，但遭到三爹的反对。最后母亲苦口婆心地给三爹做工作，三爹才勉强答应了下来。

　　大姐在那个春天嫁给了那个瘸子。为了节省开支，三爹提出大哥和二哥的婚事一块儿办，但女方不答应，好在陈大头在中间撮合，女方终于答应了。三爹怕夜长梦多，当年的冬天就把大哥和二哥的婚事一块儿办了。因为这桩婚事，陈大头跟三爹的关系慢慢变得融洽了，两人成了好兄弟。

　　土墙房是四大长间，一大家人本来就拥挤，如今又突然增加了两个人，变得更加拥挤了。原本我跟弟弟们住的屋腾了出来，大哥住东边的房间，二哥住西边的房间，母亲和三爹住的房间从中间隔了一下，变成两个小房间，母亲他们住里面，小妹住外间，好在这间屋有个阁楼，我和三哥及两个弟弟就住在阁楼里，我和弟弟们每天晚上都要双手抓住楼梯爬上去，唯独三哥不用楼梯，他是徒手翻上去。阁楼里支了两张简易床，还堆满了杂物，一到晚上，老鼠窸窸窣窣地到处跑，有时还跑到床上来，吓得弟弟们尖叫不已。三哥不屑地望着我们，说我们是胆小鬼。刚开始不习惯，不敢睡，怕老鼠咬我们耳朵，时间一长慢慢就习惯了，见怪不怪。

陈大头经常邀请三爹晚上去他家喝酒，三爹嗜酒如命，他一喝多话就多了，说了公社书记黄万鹏的种种不是，三爹只图嘴巴快活，该说的不该说的，通通都说了，他说他还是想告黄万鹏。陈大头为了表现，为了上进，他还想当大队长，就把三爹的话原原本本告诉给了黄万鹏，黄万鹏就一直在寻找机会收拾三爹。

第二年的冬天，三哥当兵走了。三哥一直想逃离这个家，主要是这个家太拥挤了，没有他单独的一张床，他已厌恶这个光线黑暗的阁楼了，这个阁楼连个窗子都没有，唯一的光线就是屋顶的两片亮瓦。这一切三哥还能忍受，他最不能忍受的是婴儿半夜三更的啼哭。大嫂和二嫂嫁过来的第二年各生了一个男孩，二嫂先生，大嫂后生，两个婴儿相隔不到半个月。也许缺奶吃，两个婴儿经常半夜啼哭不止，往往你哭毕，另一个接着开始哭，你方哭罢我登场，三哥就无法入睡，在床上辗转反侧，唉声叹气。最主要的还是三哥偷偷谈了一个女朋友，他想要出去闯一闯，为将来发展打算。

三哥走的头一天晚上，我看见他悄悄去了磨子沟谷底的小河边，我和六弟七弟悄悄跟了过去。我们知道三哥是去约会，跟三哥偷偷相好的是张木匠的女儿张娟娟，她扎着两个辫子，两个辫子又黑又长，人长得又好看，特别是两个大眼睛，水灵灵的。我们都非常羡慕三哥，羡慕他福气好眼光好，挑了这么一个好看的美人。

天上挂着一弯月牙儿，山谷里很安静。我们看见三哥在河边一棵树下的大石头上东张西望，一会儿张娟娟来了。两人依偎在一起，说着悄悄话。我和六弟七弟猫着腰躲在离他们十米远的地方，也许他们太投入，没有注意到我们，我们屏住呼吸大气都不敢出。

张娟娟哭着说："我真舍不得你走。你走了后，可不要忘了我！"

三哥说："你放心，我发誓，我一辈子都永远爱你，永不变心。如果我变心了，天打五雷轰，不得好死。"

张娟娟说："我非你不嫁，我等着你！"

三哥说："我也一样，我非你不娶！"

我捡了一个小石子扔在他们身边的水潭里，扑通一声，三哥跳了起来东张西望。我们埋下头，屏住呼吸，听见三哥说："可能是鱼！"张娟娟说："哪有这么大的鱼，能弄出这么大的动静？"三哥说："也许是树上的果子掉了下来。"张娟娟说："树上光秃秃的，哪有果子？"六弟忍不住扑哧一声笑了起来。张娟娟见有人，转身跑了，晚上我看不见她的表情，我想她的脸一定是红得跟关公一样。那时约会偷偷谈恋爱，被人知道是件丢人的事。三哥见是我们，生气地说："我打死你们这帮兔崽子！"我们哄笑，转身跑了。

那天晚上，三哥并没有责怪我们，相反地，他失眠了，在床上翻来覆去，折腾了一晚上。

第二天，我跟三爹和母亲送三哥，我们来到漩涡街上，武装部门前一帮人在敲锣打鼓，欢迎我们。三哥胸前戴上了大红花，他在东张西望，我知道他的目光是在人群里寻找张娟娟。县城到漩涡的马路刚修好，才通车没几天，那辆卡车引起了我的注意，不仅我长这么大第一次见卡车，好多大人也是第一次见卡车。生活在山里的人，有的一辈子都没去过县城。卡车四周围满了好奇的人，他们这摸摸，那摸摸，有人喊它叫铁牛，都在寻找它的嘴巴，"这家伙跑这么快，它吃啥？"有人说它吃粮食，有人说它吃煤，结果两人争执起来，撕扯在一起。三哥爬上卡车，目光依然在人群里寻找。卡车启动了，张娟娟终于出现了，三哥拼命挥着手。街面是土路，卡车四个轮子卷起了灰尘，我以为是卡车放的屁，张娟娟追了几步，灰尘笼罩住了她，朦朦胧胧，她捂着鼻子站住了，目光依依不舍地望着卡车慢慢走远。我看着卡车屁股后面长长的灰尘，好羡慕三哥能坐上卡车，我想象坐上卡车的感觉是个什么样子，一定比骑在牛背上猪背上舒服。特别是猪，有一次我把它当马骑，它不听指挥，猛地朝前蹿，把我摔了个四脚朝天，头还磕了鸡蛋大一个包。

三哥一走就是三年，刚开始还有书信，后来慢慢少了。从三哥的书信中，我知道三哥在西藏当兵。在这期间，张娟娟经常来我家串门，甚至帮母亲干家务，其实她想打听我哥的消息，我哥给她的信越来越少了。

在这三年间，家里也发生了一些事情，我的七弟过继给了黄舅公。这个黄舅公跟我奶奶是同母异父的兄妹，黄舅公住在汉江上游的一个叫喜河的山沟里。黄舅公无儿无女，也许是舅婆没有生育能力。但黄舅公从没放弃希望，他把希望寄托在菩萨身上，希望菩萨保佑。每年三月，黄舅公都要去百里外的擂鼓台许愿，每次来回都要从我家门前路过，都要在我家玩耍几天。在我的记忆中，黄舅公的打扮非常独特，他头上老是缠绕着头巾，就像陕北男人头上扎的一样。黄舅公告诉我们，擂鼓台上有个"打儿窝"，洞口很小，想要生儿子的香客们许愿后可以朝"打儿窝"里扔石子，如果扔了进去，菩萨保佑你来年生儿子。"打儿窝"在悬崖峭壁上，黄舅公年年去扔，扔了二十多年，这次终于扔了进去，他特别兴奋，拉着三爹一块儿喝酒，结果都喝醉了。我不以为然，说他们是封建迷信。母亲瞪了我一眼,让我不要说话。结果第二年,舅婆的肚子还是没鼓起来,更别说生儿子了。一年又一年过去,黄舅公终于死了心,为了将来有人养老送终,为了黄家的香火,他决定收养一个儿子。黄舅公最初看上了六弟,六弟在黄舅公家待了三天就偷偷跑了回来,虽然舅婆好吃好喝当小祖宗一样伺候着六弟,但他过不惯这种生活。黄舅公家住在大山沟里,独门独户,连个玩耍的小伙伴都没。母亲没办法,就把七弟过继了过去,七弟那时才七岁,是个听话的孩子。七弟过继过去后,改姓黄了,名字叫黄家旺,虽然他是刘家的种,但名义上他已不是刘家的人了。

那年冬天,三爹突然生病了,当年天气特别冷,山沟和小溪悬崖处都挂起了长长的冰柱,我们就把它砸断,当成宝剑玩耍。那天晚上我回到屋里时,听到了母亲撕心裂肺的哭声。这时我才知道三爹走了,走得太匆忙了。

三爹七窍流血,身体发黑,死得蹊跷。多年后,我一直怀疑三爹是被人陷害的,三爹喝的是剐猪匠配的中药,而这中药当时是陈大头去拿的,我怀疑是陈大头做了手脚,但当然是怀疑而已,没有证据。

安葬完三爹,母亲整天哭泣,无精打采,目光空洞。

半个月后,三哥回来了。三哥皮肤变黑了,我都有点儿不认识他了。三哥收到电报后,立即朝回赶,因大雪封山,加上路途遥远,所以回来晚了。三哥在三爹的坟前烧了火纸、点上了香,然后跪在坟头号啕大哭。

母亲说:"三狗,这次回来不走了吧?"

三哥说:"我还要回部队,有些手续我还要去办。本来我是想等当兵复员就回来,部队首长对我很好,他有一个战友在我们县上武装部呢,他让他的战友给我联系工作呢。"

母亲说:"张娟娟是个不错的姑娘,经常来家帮忙……"

三哥说:"我知道。"

张娟娟知道三哥回来了,也赶到我家来了。刚好三哥从三爹的坟院回来,两人见面后,对视了一下,在众目睽睽之下,他们彼此似乎都有些慌乱。三哥说:"你来了!"张娟娟说:"我来了。"三哥说:"你还好吗!"张娟娟说:"我很好。"两人寒暄了一番,我感觉他们似乎彼此都有了些陌生,也许是有人在场,放不开,悄悄话不便说。加上邻里乡亲听说三哥回来了,都来看三哥,屋里一下围满了人。大哥和二哥的两个孩子已开始满院跑了,围着三哥左一声"三叔"右一声"三叔",要糖吃。张娟娟见我母亲在厨房忙,便过来帮忙,两人又东家长西家短地扯了一番。

三哥在家待了三天,匆匆走了,他要回部队。三哥和张娟娟在一起说了什么悄悄话,我无从知道,我只知道张娟娟把三哥送到漩涡街上后就闷闷不乐地回来了,我看见她的眼角有泪。

三爹的离去,使母亲从悲痛中一时半会儿走不出来,她整天无精打采,目光空洞。三爹的去世,仿佛让我一下懂事了,我抓住母亲的手说:"娘,不是还有我们吗?"母亲勉强挤出一丝微笑。

母亲无法接受三爹离去的现实,感觉三爹一直在她的身边。母亲开始给我们讲三爹的故事,关于三爹的故事以前我也听说过一些,听了母亲的讲述,三爹的形象在我心里一下高大起来。

那时婆(奶奶)还健在,十七八岁的三爹就开始跟着公(爷爷)去西安贩盐。那时从汉阴到西安还没有公路,他们就步行去西安,走的是子午道。关于子午道,我听老师说过,子午道,也称子午栈道，是中国古代，特别是汉、唐两个朝代，自京城长安通往汉中、巴蜀及其他南方各地的一条重要通道。一次，公带着三个儿子去西安贩盐，走到秦岭时遇到一伙土匪，土匪要抢他们的东西，三爹那时年轻气盛，挥着扁担打跑了土匪，要不是公让三爹手下留情，三爹非要打断一个土匪的腿不可。他们回到磨子沟时，正遇上一群国民党军在抓壮丁。当时的保长就是陈大头的爹，在他指引下，他们直奔我公家。三爹本来要拼命，婆拖住三爹让他藏在屋里的红薯窖里，大伯和二伯躲避不及，被他们按住了。二叔反抗，被他们用枪托打晕。大伯趁其不备，跑到厨房，用刀砍下自己扣枪扳机的中指，那个国军看了一眼大伯鲜血淋淋的手指，叹了一口气说："是条汉子！"他们用绳子捆住二叔，把二叔押走了。后来，婆和二婶经常到谷口的财神楼眺望和哭泣，她们盼望着二叔早点儿回来。那时的二叔才二十四岁左右，是两个孩子的父亲。二叔一走便没消息，倒是有几个阵亡的消息传到了磨子沟，他们可是跟二叔一块儿被抓走的。婆哭得更厉害了，她依然每天黄昏去财神楼眺望和哭泣，等待着二叔回来，婆就这样哭坏了眼睛。

直到新中国成立，磨子沟里跟二叔一块儿被抓的壮丁，才回来了几个，他们成了解放军的俘虏，只有少数几个继续留了下来，参加了解放军。婆和二婶向他们打听消息，他们说和二叔见过一面，分在不同部队，他们还说二叔所在的连队在一次战役中全部阵亡了。他们强调，他们是听说的。婆信了，如果二叔真的活着，干吗不回来？二叔走时，二婶已是有孕在身，如今孩子都几岁了，他不关心老娘，起码也要回来看看老婆和儿子吧？婆得知二叔阵亡的消息时当场就晕倒了，躺在地上，没等抢救就死了。二婶一直没有改嫁，她无法接受二叔死了的事实，她相信二叔一定还活着。

大伯当初砍断自己的手指，也许是对的，否则他也会像二叔一样死在外边。三爹当初要不是被婆藏在红薯窖里，就被抓壮丁的抓走了，也许也会像二叔一样永远地离开了家乡，无踪无影。后来，公得病，也去世了，是三爹支撑起了这个家。三爹娶了我的母亲后，修建了土墙房子，从此三弟兄分家了，各过各的。

母亲每天都要讲三爹的故事，随着时间的流逝，母亲慢慢走了出来，她知道六弟和小妹还小，还需要她来照顾，她不能倒下。那时是靠挣工分吃饭，大哥多病，不能干重体力活，就在队上的小学里当代课老师，二哥是个男劳力，每天能挣十分，母亲和大嫂、二嫂能挣七分。一到年底或庄稼收获季节，就根据工分来分配粮食。

我的个子也长高了一大截，原先那个跟屁虫陈小红也不跟在我后面了。我和陈小红一直是同一个班，转眼就到高中了，漩涡中学没有高三，也就是说上到高二就要毕业，就要踏入社会了。那时考大学，对我们来说是一件比较奢侈的事，因为漩涡中学至今都没一个人能考上大学，就是全县每年也只有不到十人。

每天我们都是走路去学校，学校离家比较远，中午一般都不回家吃饭，就吃自己带的干粮。陈小红每次把自己带的红薯、馒头什么的分一半给我吃，她看我的目光也非常炙热，每次我都不敢看她的目光，直到她塞给我一张字条，说她喜欢我，我才明白她的目光是什么意思了。

学校突然宣布停课了，不用去学校了，回到家里我又能干啥？我心里很惶恐。

陈小红带着几个同学来到了我家，问我去参加"丛中笑"战斗队不，他们准备去县上办证件。我犹豫了半天没有回答。她说：

"全国实行大串连，火车汽车一律对战斗队免费，白坐不要钱。全国还到处有战斗队接待站，管吃管住，都不要钱。不光不要钱，战斗队有什么急需还可以借钱，凭战斗队证件就行。"我心动了，母亲却反对我离家出走。

陈小红鼻子一哼，不屑地看了我一眼走了。

几天后，陈小红戴着红袖章回来了，左臂上的红袖章很醒目。她故意趾高气扬在我面前显摆，我装作没看见。

那天晚上，陈小红悄悄来找我，她说他们准备去革命圣地延安，问我去不去，如果我去，就跟他们走，他们到县上后想办法给我补办证件。我从没出过远门，心里有点儿胆怯，她看出了我的意思，指着我的鼻子说胆小鬼！然后转身走了。

我以为她开玩笑，没想到陈小红他们真的去了延安。

三个月后，陈小红回来了，她像变了一个人似的，头戴绿军帽，身着绿军装，腰间束武装带，左臂佩红袖标，手握红宝书。她是"丛中笑"战斗队的队长，他们在街上贴大字报、搞大批斗，她是地主出身，怕人们抓住她的小辫子，所以很积极，六亲不认，把父母都弄到街上游行，她的意思是跟他们划清界限。他们"破四旧""抄家"，甚至"打砸抢"，他们胆子越来越大了，连公社黄万鹏书记，他们都敢弄到漩涡街上游行和批斗。我的母亲也被她弄到街上去批斗，她说我母亲阻止当年砍树，说我三爹偷社会主义的粮食等，这些都是我当时当笑话讲给陈小红的，没想到她都记得非常清楚，一笔一笔全翻了出来，更过分的是他们还要去挖我父亲的坟，批斗死人。

陈小红匪夷所思的所作所为，让我对她渐行渐远，可以说是分道扬镳了，我们不是同一条路上的人了！

一年后，她嫁人了，嫁给了区长的儿子，他们是在去延安的路上认识的。

四

春天说来就来了，磨子沟的春天别样精彩。

小溪边的柳树早已发绿了，长长的柳枝在微风中悠闲地摇摆着。山谷和山坡的杏树、桃树、李子树也逐渐开花，争先恐后地开放，就连地上草丛里的花朵也不甘落后，有红的，有白的，特别是那些蓝色的花朵，密密麻麻的，就像天上的星星。层层梯田里开满油菜花，一片一片金黄，远看就像一幅天然的油画。人生一世，草木一春，这些花朵都在把自己最美的一面尽情绽放。蜜蜂和蝴蝶也来赶热闹，它们围着花朵翩翩起舞，又忙碌又高兴，春天对它们来说同样弥足珍贵。

站在磨子沟的山顶，太阳晒在身上暖洋洋的，东边群山连绵，云雾缭绕，一条弯曲的汉江如一条长龙盘绕在山谷间，河水在太阳的照耀下，有的地段银光闪闪，熠熠生辉。西边是一条长长的磨子沟，小溪的两边或者坡上、梯田里开满了金黄的油菜花。我家的房子在树木遮掩下，若隐若现，而陈大头和张娟娟家的房子清晰可见，院子里的那个人影好像就是陈小红。整个画面再配上绿油油的麦苗，简直就像一幅栩栩如生的油画。

躺在草丛中，我四肢伸展开来，摆了一个大字，头顶的白云在慢悠悠地飘移，感觉白云就从我耳边飘过，有时我甚至产生了错觉，感觉自己就像躺在白云上，随着白云在慢悠悠地飘荡，飘荡。最近情绪很不好，反正有的是时间，我得把我杂乱的思绪梳理一下了。

时间过得好快，黑暗的岁月一去不返，转眼我都三十岁了，磨子沟发生了很多事情，生生死死，磨子沟已死了不少人，坡上的坟墓一座又一座，磨子沟的老人死后一般都埋在这里，我的公、婆、二叔（衣冠冢）、三爹、四哥都埋葬在这里。死亡和坟墓在我脑海里闪现了一下，我努力地驱赶它们，不想让死亡影响我的心情，不想让死亡让我更加痛苦和迷茫，死亡对我来说还是个比较遥远的事，还是想想眼前比较现实的问题吧，那就是我个人的问题，也就是母亲最操心的事情，因为我的小妹也找了婆家，就等我成家后再嫁小妹。母亲整天都在我耳边唠叨，谁谁结婚了，谁谁孩子都几岁了……我受不了母亲的唠叨，为了耳朵的清净，我就独自跑到山顶上来了。

几个女人在我脑海里出现，陈小红、张曼茹、张华敏以及几个还不知道名字的女人，她们似乎排着整齐的队伍在我面前走来走去，最后围绕着我的脑袋缠绕。我让自己的思绪停了下来，请她们一一出场，回忆在我看来是件美好的事。反正我现在有的是时间去想那些乱七八糟的事情。

陈小红跟我本来是青梅竹马、两小无猜，我无法接受一个"小地主"转眼就变成了冷漠无情的女魔头。她嫁人后很快生了一个女儿，"丛中笑"战斗队解散后，我没想到的是她离婚了。她抱着孩子回到娘家，当年她六亲不认，整了不少人，人们都不喜欢她，左邻右舍也不待见她，她整天待在屋里非常苦恼。

那天,我去小河里挑水淋自家自留地的蔬菜,天气太干燥了,地里的蔬菜都卷起了叶,母亲说再不浇水恐怕就枯萎了。在谷底的小河边我遇见了陈小红,她在洗衣服。陈小红见四周没人,大胆地望了我一眼:"你来了!"

我点了点头,没有说话。

她站了起来,我看见她的身材变得非常美好了,她再也不是当年的那个黄毛丫头了。我们目光对视了一下,我不敢看她的目光,匆匆低下头。

她真诚地说:"当年我错了,请你原谅我,我向你道歉!"

"你没有错,你是对的!"我不接受她的道歉。

"请你原谅我,好吗?这些日子来,我反思了自己,我自责我内疚,怪我当年不懂事……"

我无法原谅她,没有直面回答她,我说:"如今人们都过上了好日子,那种颠倒黑白的日子不会再出现了……"

"我知道!我们重新开始,好吗?"

我四周看了看,静静的山谷没有一个人,偶尔传来几声狗叫和鸡鸣,我的目光落到她的脸上。我说:"我们?重新开始?"

陈小红深情地说:"是的,我心里一直喜欢你!如今虽然我有了孩子,希望你不要介意,我们重新开始,好吗?"

陈小红的意思已很明白了,她想嫁给我,但她已伤透了我的心,我无法原谅她,就算我原谅了她,我的家人也无法原谅她。我冷冷地说:"你知道吗?你在我的心中早死了!"

陈小红落泪了,指着我的鼻子说:"现在我落难了,只想能有一个男人的肩膀可以靠一靠,而你们都在看我的笑话,连你也瞧不起我。"陈小红呜呜哭了。我心一下软了,一时找不到词语去安慰她，她擦干泪水，喊着我的小名说她做鬼都不会放过我。当时我吓了一跳，她撂下重话，我生怕她去寻短见，每年磨子沟里都要发生几起非正常死亡事件，我怕陈小红做傻事，暗中一直在关注她。看到她跟女儿在一起快乐的样子，我才明白我的担心是多余的，她这种要强的女人怎么会去自杀呢？她很快离开了娘家，离开了磨子沟，至于她去了哪里，我不想知道，只想忘掉她。

躺在草丛里，我翻了一下身子，我的眼睛依然是闭着的，我听到了蝴蝶和蜜蜂飞舞的声音，听到了小鸟的叫声，甚至还听到了山泉的声音，一股微微的风飘过，我闻到了花朵的香味，心里涌起一股美好的清泉，清泉上坐着一个冰清玉洁的女子，她就是张曼茹。我努力地在回想跟她交往的每一个细节。

张曼茹是个知青，年纪跟我相仿，皮肤细腻白嫩，一看就是城里人。她们来到磨子沟时是个午后，我也听说了有一批女知青要分到我们小队，所以队长陈大头早就派人在河边等候了。她们是坐船来的，船停在磨子沟谷口，因为岸边水浅，无法靠岸，船老板就支起了跳板，让她们踩着跳板上岸。别看她们又唱又跳，脸上写满骄傲，甚至带一点点傲气，让她们在地里劳动三天，保证一个个像小绵羊一样乖乖听话，也没有力气去折腾了，哪有闲心去唱去跳了。这群女孩子过跳板时，左右摇晃，生怕掉进了水里。越是担心，左右摇晃得就更加厉害了。岸上已站满了男女老少，他们看着这些左右摇晃尖叫的女孩子，笑个不停。

这时我注意到了走在最后的一个女孩子，她留着长长的辫子，模样很清纯，皮肤很白，一看就是城里人，她也注意到了我，我们两人目光对视了一下，她有点儿害羞地低下了头。此时，我非常希望队长能把她分到我家，因为二哥重新修了房子，他的睡房就腾了出来，给下乡知青准备着的。当她踩在跳板上时，腿不停地颤抖，不敢迈步，陈大头叹了一口气，显然他对这个娇生惯养的女孩子有点儿不满意。陈大头挥了挥手，几个男人争着抢着要去帮她提行李，扶着她过跳板。本来我也想去扶的，犹豫了一下，被他们抢了先。

女孩子站在岸边，排成了队。她们被男男女女队员们包围着，议论哪个女孩好看，哪个女孩子皮肤白，叽叽喳喳吵闹声一片。

陈大头挥了挥手，说了一句脏话，陈大头这个人满肚子都是脏话，他喜欢动不动就骂人。大家安静了下来，陈大头开始给各家各户分配女孩子，他念女孩子名字，女孩子站出来，然后他再喊村民的名字，表示村民可以把人领回家了。

岸边沙滩上的人越来越少了，剩下了两个女孩子仿佛是没有人要似的。陈大头回头一看，人们都走了，剩下我一个人，陈大头对我嘿嘿一笑："五狗，剩下两个女孩子，你就带回去吧。记住，带回去不是做媳妇的！"

两个女孩子的脸一下红了，连脖子也红了。

我高兴地答应了，跟我目光对视的那个女孩子就在这里面，我仿佛捡了一个宝似的，乐得嘴都合不拢了。那个女孩叫张曼茹，另一个叫张华敏。

母亲非常喜欢张曼茹，拉着她的手夸她皮肤白手指修长，然后问长问短，问她家里有些啥人，父母都是干啥的，有点儿像公安调查户口似的。母亲之所以这么热情，是想把张曼茹发展成为她的儿媳。母亲这是异想天开，城里的女孩子怎么会看上山里人呢？但母亲认为，一切皆有可能，因为她也听说了某某就娶了个知青。

这群女孩子每天跟着村民同吃同住同劳动，本来她们就很娇气，以前从没干过农活，几天下来，她们身上的傲气全没了，娇嫩的手上磨起了泡，肩膀也磨红了，腿也僵硬不听使唤了，加上山里不通电，也没有多余的娱乐和书籍可阅读，每天就是干活，她们很快陷入了困惑迷茫之中。

唯独张曼茹很乐观，她把她的书《青春之歌》偷偷借给我看，我把《红日》借给她看，这些书在当时是禁书，只能偷偷看，抓住了是要被批斗的。

后来，又来了一批男知青。这批男知青不像女知青那么听话，刚开始他们也很傲气，当时我们生产队的主要农作物是小麦、玉米、红薯及大豆，小麦、玉米、大豆是播种，红薯是栽插。所有作物播种前都必须将地耕好、耙平，陈大头就让男知青用牛犁地。耕地首先要会操纵牛，要学会牵着牛鼻子，一般是用一根绳前头系住牛鼻子，后面系在犁梢上，如果要让牛向右，就抖一抖绳子，如果要让牛向左，就拉拉绳子。耕地的人右手扶住犁梢，肩上挂着鞭子，要让牛走快一点儿，就要给牛屁股一鞭子。有时候鞭子并不是真打，而是在空中猛抽一下，发出很响亮的声音。其次是扶犁要稳，保持深浅一致，过深牛拉不动，浅了达不到耕地的效果。三是保持走直线，耕地时要一犁压住一犁。这帮男知青掌握不住窍门，深浅不匀，被牛拖着到处跑，有的把牛打跑了，满山去找牛，陈大头气得把他们祖宗十八代都骂了一遍不说，还克扣他们伙食。土地准备好了，就是播种了，小麦、玉米、大豆播种方法各有不同。种子撒在窝里后，就是用尿桶挑粪，磨子沟多坡地，特别是雕老梁上的坡地，挑着尿桶必须一口气咬着牙从山下挑到山上，因为路上没有能放尿桶歇气的地方，这帮男知青稚嫩的肩膀很快就压红了，哭笑不得，慢慢也灰头灰脸，垂头丧气，他们吃不惯住不惯，开始发泄自己不满的情绪，经常干些偷鸡摸狗的事情。

陈大头是个能人，在农业学大寨中表现突出。在他的带领下，磨子沟的村民们凭着一股"大寨精神"在险峻的山上开凿出了一条人工河"爱国渠"，彻底改变了当地梯田缺水的困境，创造出了高产稳产的农田，农民生活水平得到极大改善。当地报纸和电视台还报道了此事，陈大头获得县上领导赏识和表扬，摇身一变成了生产大队书记，而黄万鹏也升为漩涡区的区长了。陈大头成了大队书记后，开始装腔作势，开口闭口大谈"要认真学习马列主义毛泽东思想""以阶级斗争为纲""要扎根农村干一辈子""要虚心接受贫下中农再教育"，甚至还经常主动跟下乡插队知青促膝谈心，热情关心知青集体户的柴米油盐等生活问题。而他的儿子黑牛也成了民兵连的连长，整天挎着枪在村里转悠，像个土匪一样贼眉鼠眼在那些年轻的女知青身上溜来溜去，把那些不听话的男知青绑在树上，用鞭子抽打。

那天晚上，我失眠了，我无意听到了张曼茹和张华敏之间的谈话。我最瞧不起的陈大头，原来在许多下乡插队知青的眼里，简直就是一手遮天的土皇帝，几乎决定着每个下乡知青的前途和命运，哪个知青也不敢轻易得罪他。于是乎，逢年过节知青们悄悄给农村生产大队书记送礼的也就越来越多了，也造成了许多女知青的不堪往事。

一批又一批的知青开始返城，张曼茹每天忧心忡忡，愁眉苦脸。

我得知工农兵学员推荐就可上大学，好多知青都想去上大学，但前提是要经过陈大头的推荐才有机会。我偷偷观察了一下，每天晚上都可见到提着大包小包的知青偷偷摸摸朝陈大头的家里去。

那天晚上，天很黑，没有月亮和星星，一个黑影有点儿像张曼茹，她走进了陈大头的家里。

从那以后，我们之间见面都是沉默，再无话可说了。

张曼茹如愿收到了大学录取通知书，如愿去了西安一所医学院。她离开磨子沟那天，我把她送到漩涡街上，在上车的那一瞬间，她附在我的耳边说："其实我蛮喜欢你的，希望有机会再见！"

后来，我收到了张曼茹的几封信，她说她在学校的情况，我一封都没回。再后来，她也就没写信了。我知道我跟她已是两条路上的人了，不可能有未来。

我翻了一下身子，睁开眼睛，太阳很刺眼，我又翻了一下身子，看到了两只蝴蝶在翩翩起舞，我想到了梁山伯与祝英台，命运和爱情总是喜欢折磨人，为什么相爱的人却不能在一起？

我突然又想到了三哥和张娟娟，三哥答应要娶她的，三哥复员后，工作安排在县上武装部。我不知道三哥和张娟娟两人之间到底发生了什么，是张娟娟感觉自己配不上三哥，主动放弃，还是三哥抛弃了她，我不得而知。反正两人没能走到一起，三哥娶了领导的女儿，张娟娟也出嫁了，如今已是两个孩子的母亲了。

跟我同年的全都成家了，有的已是几个孩子的父亲了，人们看我的目光是异样的，我感到惶恐和不安，我想逃离，逃离磨子沟。

日子每天如水一样平静地流淌，我经常看报纸，通过报纸我关注国家大事。

1976年，

1月8日，周恩来总理逝世。

7月6日，朱德委员长与世长辞。

7月28日，一场举世震惊的大地震将唐山夷为一片废墟。

9月9日下午4时，中央人民广播电台以万分悲痛的心情对外宣布，中国人民的伟大领袖、伟大导师毛泽东主席于当天凌晨0时10分在北京逝世。

消息公布后的十五分钟内，包括路透社、美联社和法新社在内的世界主要通讯社便报道了毛主席逝世的新闻。紧接着，世界各大媒体发表和转载了大量赞扬毛泽东和介绍毛泽东革命事迹的评论和文章，一些第三世界国家的报纸甚至用十多个版面刊登介绍毛泽东的文章和照片。世界各国政府、各国际组织也纷纷对此做出反应。

对于毛主席的逝世，联合国降半旗，五十三个国家降半旗，各国领袖给予其高度评价，在中国驻外使领馆，吊唁的人也络绎不绝。

磨子沟的人排好队站在操场上，望着五星红旗号啕大哭，高呼毛主席万岁，毛主席万寿无疆！

第二年，教育部在北京召开全国高等学校招生工作会议，决定恢复已经停止了十年的全国高等院校招生考试，以统一考试、择优录取的方式选拔人才上大学。同年十月十二日，国务院正式宣布当年立即恢复高考。这一消息，让我看到了希望，这是逃离磨子沟唯一的办法，也是改变命运的绝佳机会。

我报了名，立即抓紧时间复习。一九七七年的高考不是在夏天，而是在冬天举行的，全国有五百七十万人参加了考试，但只录取了不到三十万人，可想而知，我的希望破灭了。第二年，我继续参加高考，六百一十万人报考，只录取四十万两千人。我的希望再次破灭。我想逃离磨子沟，却无法逃离。曾经我想去当兵，结果卡在体检这一关。后来我才得知，是有人故意刁难。我好羡慕六弟，他当兵顺利通过了体检，如果不出意外的话，六弟将会顺利地离开磨子沟。

如今躺在草坪上我开始怀疑人生，何去何从，我很迷茫，甚至连活下去的勇气都没有。现实把我打得遍体鳞伤，我只好认命，只好安心地待在磨子沟做一个小学代课老师。

我这个小学代课老师，还是大哥让给我的。原来那个女教师结婚，嫁到新疆去了。大哥接替了一年后，考虑到母亲一个人照顾这个家很辛苦，主动辞职，回家帮母亲干活，照顾弟弟妹妹们，让我这个文弱书生接替他。

五

寒冷的冬天终于过去了，磨子沟的春天终于来到了，山谷里弥漫着沁人心脾的花香，田野里充满生机活力，真正的春天来到了。阳光洒在身上暖暖的，小溪旁的柳树已长出了绿叶，鸭子在小潭里悠闲地游着，山坡上开满了野花，梯田里油菜花也在盛开，蝴蝶在花丛中飞舞……今年的春天，似乎跟往年不一样，山坡上野花争先恐后地在怒放，花朵似乎也比往年多得多了，就连花香也比去年好闻些。后来人们才知道，改革的春风已悄悄刮进了磨子沟。

一九七八年十二月十八日，党的十一届三中全会在北京开幕。十一届三中全会是新中国成立以来我党历史上具有深远意义的历史转折。全会结束了一九七六年十月以来党的工作在徘徊中前进的局面，开始全面认真地纠正以前的"左"倾错误。全会彻底否定了"两个凡是"的错误方针，高度评价了关于真理标准问题的讨论，确定了解放思想、实事求是、团结一致向前看的指导方针。全会果断地停止使用"以阶级斗争为纲"的口号，决定从一九七九年一月起，把全党的工作重点转移到社会主义现代化建设上来；提出了要注意解决好国民经济比例严重失调的要求。

我是在报上看到这则消息的。

这一年，六弟当兵走了，去了云南。而这一次陈大头没有收我母亲给他送的礼，答应得很爽快，自上次调查组调查他后，他一下规矩老实得见人就笑，仿佛变了一个人似的。他知道我三哥现在在武装部，他没敢刁难，做了一个顺水人情，说了我六弟的种种好处，六弟出身贫农，根正苗红，政审很快就通过了。

六弟走的这一天，我和大哥二哥一块儿把六弟送到漩涡街上。一路上六弟很开心，他还没出过远门，连县城都没有去过，他对凤凰山外的世界很感兴趣，对远方充满着憧憬。

大哥对六弟说："大哥这一辈子没有出息，你要向你三哥学习。"三哥是我们刘家的骄傲和榜样，他参军复员后分到了武装部，端上了铁饭碗，吃上了商品粮，还娶了城里的女人，夫妻是双职工，不愁吃不愁穿，日子过得才叫舒服。

六弟说："我知道，我在部队一定也要立功！"

二哥说："一定要娶个城里女人。"二哥有一身蛮力气，但是个闷葫芦，自结婚后，二嫂把他管得严，他的话更是少了。

大哥笑了。

我还没开口，六弟望着我嘿嘿一笑，说："五哥，等我当兵回来时，你一定要娶个老婆，生个大胖小子。"

大哥抢着说："那是一定的，这事包在我身上。"

"皇帝不急太监急，你们别操闲心了。婚姻讲究的是缘分，我的缘分还没到而已……"我不以为意地说。

六弟爬上卡车，动作跟当年的三哥一模一样，连挥手告别的动作都一模一样。三哥当年离开磨子沟后，再也没有回来，他在城里安了家，我希望六弟也能离开磨子沟，不要再回来过那种面朝黄土背朝天的苦日子。望着远去的卡车，我叹了一口气，我为六弟高兴，也为自己惋惜。当年要不是陈大头在背后搞鬼，我可能也当兵走了，现在可能跟三哥一样在城里安了家，娶个城里吃商品粮的女人。

我的婚姻本来是个小事，如今却变成了大事，母亲请了算命先生，说我的婚姻大事必须要在今年完成，才能避过血光之灾。母亲一听非常着急，再次发动亲朋好友给我介绍对象，大嫂和二嫂也发动娘家人给我介绍对象，那些姑娘对我的评价是肩不能挑手不能提，瘦弱的身子以后如何养家？我没挑选她们，她们倒挑我的毛病，婚事自然告吹。倒有寡妇和残疾的女人愿意嫁给我，我却看不上她们。那一刻，我非常寒心，我年纪虽不小了，但不至于连一点儿优势都没有。

那时虽然还是靠挣工分吃饭，好在家里有自留地，可以种些蔬菜，还可以喂鸡喂猪，改善一下伙食。一大家人在一起吃饭，虽然很热闹，但做饭却是一份苦差事。首先要用石磨把苞谷和小麦磨成面，我家的石磨摆在堂屋的左侧，它是由上下两个经过千锤百炼、钎削斧刻的圆石做成，上下两层平面的接合处都有纹理，上面的磨盘还凿上孔，与下盘咬合，固定在一个架座上，且下扇中间有一短的立轴，用铁制成，上扇中间有一个相应的空套，两扇相合，下扇固定。房顶上吊着一根绳子，拴在"丁"字形拐子上，拐子上的弯出就插在上扇石磨的孔上，一人或两人抓住把柄一前一后推动，上扇就绕轴逆向转动。麦粒、苞谷或豆子从上扇的孔进入两层中间，在旋转时就被两面石磨磨成粉末，落在下面的大盆里或笸篮里。石磨磨出的面，蒸馒头、包饺子，特别香特别好吃。

　　一大家人吃饭就靠这石磨。白天大人们在队上挣工分，晚上就用石磨磨小麦、苞谷和豆子，母亲负责把粮食放在旋转的孔里，看似简单，其实也是技术活，什么时候放，什么时候不放，也要恰到好处，否则旋转的磨盘架子就把手打了，或者磨盘就空转了，伤磨子立轴。推磨往往两人一组，大嫂和二嫂一组，大哥和二哥一组，有时大嫂和大哥一组，二嫂和二哥一组。两人一组讲究的是配合，二嫂和二哥一组配合就不默契，二哥一身蛮力气，把石磨推得快，二嫂就跟不上，一前一后地跑，前俯后仰，脚像踩在棉花上一样，大哥和大嫂就想笑，二嫂气得想哭，双手一松闪到一边不推了。后来改成二嫂和大哥一组，二哥和大嫂一组，没想到配合得相当默契，吱吱呀呀的推磨声有时要响到半夜。刚开始是母亲做饭，后来母亲年龄大了，大嫂和二嫂轮流做饭。大嫂已是三个孩子的母亲，二嫂也不甘落后，也是三个孩子的母亲，孩子们都已是到处跑了，家里每天被他们弄得鸡犬不宁。

　　一大家人在一起吃饭，母亲对我总是不理不睬，她是在责怪我没能带个儿媳回来。那天为了一件小事母亲和我吵了起来，大嫂安慰母亲说："我娘家队上有个寡妇，刚死了男人，还带着一个孩子，要不我安排见个面？"

"不见。"我站起来大声说。

"坐下，"母亲也大声说，"你都快三十的人了，你还有啥挑剔的，人家不嫌弃你就不错了。"

"要见你就去见，反正我不见。"我生气地说。

母亲生气地四周看，她想拿东西打我，屋里墙角到处都是锄头铁铲扁担什么的，她犹豫了一下。二嫂安慰母亲道："不急，我觉得建国条件还不错，不愁找不到好姑娘。"

大哥把话题引开说："我听说安徽、四川已经推行家庭联产承包责任制了，虽然陕西还没见动静，我估计迟早我们这里也会推行家庭联产承包责任制。"

"什么是家庭联产承包责任制？"二哥问。

大哥说："简单说吧，把大集体的土地分了，分田到户，耕者有其田，这样再也不用靠挣工分吃饭了。"

二哥拍了一下巴掌，高兴地说："太好了，我想啥时种地就啥时种地，每天早晨听到队长那公鸡嗓子我头皮就发麻。如果实行了土地承包责任制，那就再也听不到那公鸡嗓子的喊叫了。"

母亲也沉浸在美好的想象中。过了一会儿，母亲似乎想起了什么，她突然问道："六狗最近有没啥消息？"

"前段时间他来信说他在那儿很好，让大家放心呢。"大哥说。

"我意思是他最近来信没？上次来信都有一个月了吧？"母亲说。

我插嘴说："报纸上说越南在苏联的支持下，对中国采取敌对行为。中国采取反制措施，实施对越边境自卫反击战。六弟该不会上前线吧？"

大哥瞪了我一眼，我立即闭上嘴。

母亲还是盼六弟的信了。那个邮递员牵着马从我家门前路过，母亲总是上前拦住问："有没有我的信？从云南来的信？"

邮递员摇了摇头说："没有。"

母亲经常问，那个邮递员每次看见我的母亲，心里充满着愧疚，仿佛没有信，是他的错误。邮递员不好意思地说："大婶，只要有你的信，我一定第一时间给你送来。"但母亲每次见了邮递员，依然要问。后来，那个邮递员怕遇见我母亲，就绕道从磨子沟谷底穿过。

直到一天，邮递员满头大汗跑进我的家，递给我母亲一个汇款单，那时的汇款单就像一封信，母亲不认识字，以为是信件，高兴不已，邮递员说："这是汇款单，十元，是从云南邮寄过来的。"收到六弟的汇款单，母亲终于松了一口气，至少说明六弟平安无事。

一个月、两个月过去，母亲对六弟的信——报平安的信，期待的心情越来越迫切了，每天她都在盼望着邮递员，每天她都要去财神楼眺望一下，她希望她的儿子六狗能平安回来。

劁猪匠的小儿子猪娃牺牲的消息传到母亲的耳朵里时，母亲彻底坐不住了，她慌慌张张朝劁猪匠家里跑去。我不放心母亲，跟了过去。猪娃比六弟早一年当兵，她想知道六弟的消息。

八仙桌上摆着猪娃的黑白照片，照片前的一个碗上插着三根还在燃烧的香，一缕一缕的烟在缠绕着，地上堆着一堆已烧完火纸的黑黑灰迹。猪娃的母亲在旁边嘤嘤地哭，她已哭干了泪水，声音也嘶哑了。

劁猪匠告诉我母亲，猪娃跟傣族小战士岩龙是一个连队的，在一次自卫反击战中遭到敌人炮火轰炸，连尸首都没有留下。

我为猪娃自豪，他是岩龙的战友，岩龙是我学习的榜样。《人民日报》发表过长篇通讯《他为祖国献青春》，这篇文章我看了好几遍。文章说，十九岁的傣族小战士岩龙，是一位吹得一口优美竹笛的英俊小伙子，他在一次激烈的战斗中，只身潜入敌人侧后，歼敌二十名，被授予"孤胆英雄"称号，他在攻打朗多时中弹牺牲。

母亲触景生情，也许她想到了六弟，她的泪水也哗哗流了下来。

安葬完猪娃后（衣冠冢），母亲又开始盼六弟的信件了，每天没事时她都要去财神楼眺望。母亲的这一举动跟当年的婆一样，都在望眼欲穿地等待着自己的儿子平安回来。婆当年等待着二叔，哭瞎了眼睛，最终还是没有等到二叔回来。如今母亲等待着六弟，我却认为没有必要，六弟会没事的，他会平安回来的。

人有旦夕祸福，该来的终究要来。这一天三哥突然回到了磨子沟，三哥自成家后已是好多年都没有回磨子沟了。三哥是陪同县上有关领导一块儿来的，领导抓住母亲的手说了一句什么，母亲突然一下晕倒了。关于六弟在自卫反击战中牺牲的消息，三哥已告诉了大哥，大哥又把这消息偷偷告诉给了我，让我不要张扬，更不能告诉母亲，但纸终究包不住火的，如今领导把这消息告诉我母亲，把革命烈士证明书和抚恤金交到我母亲手上。母亲的突然晕倒，让领导们手足无措，我立即掐母亲的人中，反复几次，母亲终于醒了，"哇"的一声大哭起来。

领导连水都没有喝一口，三哥陪着他们走了。

母亲本来提出想把六弟遗体运回陕南老家安葬，后来她得知六弟已安葬在云南某烈士陵园里，母亲想想也好，陪他的战友多，这样也好，也不寂寞。母亲把六弟的遗物放进了棺材里，葬礼按照当地风俗操办，很热闹。

衣冠冢立了起来，母亲蹲在地上默默流泪。

刘家坟院如今规划得井井有条，公和婆的双人坟排在前面，后面就是二叔和三爹的坟，紧跟在他们后面的就是四哥和六弟的坟。

母亲在六弟坟头发了一会儿呆，来到了三爹的坟头，她声音嘶哑："死老头啊，你怎么不保佑我们一家老小，你再不保佑，我就来找你，我一定不会放过你的。"母亲的目光落到三爹旁边的一块空地上，她心里清楚，这块地方是留给自己的，死后她要跟三爹埋在一起的。

母亲跪在三爹的坟头，突然像个安静的孩子，又像个雕塑，不言不语，眼里一片汪洋……

六

磨子沟终于要实行家庭联产承包责任制了，这个消息半年前就在磨子沟里传播，人们都在翘首期待着。

人民公社的称呼已开始取消，改为乡人民政府。陈大头虽然背了留党察看两年处分，但后来表现得好，加上他善于活动，被任命为了乡长。乡上干部已开始在丈量土地、登记造册了。

近水楼台先得月，陈大头的大儿子黄牛被选为小队长，当时表决投票时，大家都投了赞成票，有人不服，但也只能把不服埋在心里，他爹是乡长，谁也不敢得罪，怕穿小鞋。

大哥就不服黄牛，他开玩笑试探黄牛的口风："听说哪家分哪块儿地，都已安排好了，你可不能把好地自己全霸占了哦，你好歹也是个领导，你要起到表率作用，一碗水要端平。万一闹起来，恐怕不好收场。"

黄牛笑着说："你放心，我会一碗水端平的。"后来在黄牛的一次醉酒后我才得知，黄牛本来给我家分了几块又远土质又差的地，大哥给他旁敲侧击后，他回去一番思考，把簸箕口的好地分给我家了，毕竟我家属于革命烈士家属，三哥好歹在城里混得也不错，说不定到时还要求我三哥办事呢。

这年春天，激动人心的时刻终于来到了，这可是磨子沟有史以来的头等大事，以前只有地主和有钱人才拥有土地，如今人人平等，人人有份，人人都将分到土地，土地是农民的命根子，大家都在盼望早点能分到土地。天还没黑，学校操场和教室外已围满了人，女人们围在一起，家长里短；男人们围在一起，满嘴跑火车。"开会了！"黄牛大喊一声，人群顿时安静下来，拥进了教室。乡上干部在前面就座，为了避嫌，陈大头没有出现，乡上干部发了言，念了有关文件，然后就是小队长黄牛代表村民签了承包责任书，接着就是黄牛宣布名单，每人分到八分旱地、一分水田，我家是大家庭，大大小小共十几口人，一下分到了十亩地，母亲高兴不已，非常满足了。接下来又把大集体的几头牛和财产分了，我家跟大伯、二叔和小姑四家还分了一头牛。四家商议，轮流喂养，遇到农忙季节四家轮流用，犁地、搬运东西什么的。

家家户户像过年似的，好多男人晚上失眠了。第二天早早起来，去坡上认领自己的土地，去看自己的土地。顿时，田间地头围满了人，嘻嘻哈哈，有异议的，村干部又重新丈量，没有异议的，就开始划分地界，搬来大石头做记号。吴大爷年轻时给地主做长工，如今终于拥有了自己的土地，他跪在地上，双手紧紧抓住泥土，号啕大哭。

农民生产的积极性大增，没有人监督了，但一个比一个早，他们早出晚归，每个人的脸上都洋溢着幸福的笑容。自力更生，艰苦奋斗。母亲也不甘寂寞，跟上大哥忙前忙后，种小麦种油菜种水稻种苞谷栽红薯……大哥仿佛成了领头人，带领着大嫂二嫂二哥在地里忙碌着。

当年，磨子沟粮食大丰收，家家户户粮食大丰收。有了粮食，心里不慌了，不慌了心里就有了底气，脸上自然就充满了笑容，干啥事都充满着信心。

好日子终于开始了。

我的婚姻大事再次摆上了席面，母亲说我三十好几的人了，别再挑肥拣瘦了，只要是个女人就行。黑寡妇人不错，一看就是个过日子的人，你看她屁股大，身板结实，保证生男娃一生一个准。黑寡妇我见过几面，但让我娶一个寡妇，我心里还没有做好思想准备。母亲之所以着急，是因为小妹都订婚几年了，媒人几次上门催婚，母亲以我这个当哥的都还没有结婚为理由推辞了。母亲也是一个爱面子的人，当哥的还没结婚，小妹赶在哥哥前结婚，传出去不好听。媒人这次比较强硬，她说这次再不结婚，男方就退婚了。小妹听了非常生气，说退就退，她还不想结婚了。母亲急了，左右为难，最后她想通了，先把小妹嫁出去再说，不能耽搁了她的一辈子，母亲好说歹说终于做通了小妹的工作。然后交换双方生辰八字，请大师看了一个好日子，冬月初八结婚。

母亲开始忙了，男方家的亲戚每人得一双布鞋，那时新娘出嫁时，布鞋是万万不能缺少的，往往是十几双乃至几十双。布鞋做得越多越漂亮，越说明新媳妇能干、勤快、贤惠。这么多布鞋送给谁呢？首先是公、婆，其次是堂伯、堂叔，再次是舅父、舅母、姑父、姑母。大凡长辈，每位一双。自然新郎更不可少。新郎的鞋做得特别讲究，鞋底一般全用白布，以示高尚纯洁的爱情。有的鞋面上绣着精美的花鸟，意味着前程似锦，美满幸福。

表面看来，做布鞋是一项不怎么复杂的手工活儿，但里面的功夫与学问，其实精妙、深奥得很。每双鞋的制作都要经过剪裁底样、填制千层底、纳底切底边、剪裁鞋帮、绱鞋、楦鞋、抹边、检验等几十道工序，所以会耗工费时花费母亲不少心血。

母亲白天要在地里劳动，只有晚上或雨天休息，才抽得出时间纳鞋。母亲有个"百宝箱"，里面装着针线、剪刀、布料、黄蜡什么的，母亲还有一个超大本子，平常不让我们碰，这可是母亲的宝贝，里面夹满了各种大人小孩的鞋样，鞋样花花绿绿，整理得很整齐，这些都是用废旧画报剪的。鞋样是做鞋的基础与关键，犹如工程中的设计图纸。母亲剪鞋样时，左手拿一张厚纸，右手握剪，看一眼我们的脚，剪刀咔嚓移动，几个弯转，一副鞋样就成了。有了鞋样，母亲就把棕树上的那个粉红的网状纤维采下来抹上糨糊，做成又平又硬的棕壳子，然后照着鞋样裁剪出来，再然后一层布一层布地抹糨糊做成一双双鞋底，最后将糊好的鞋底晾干。

不说其他繁复的工艺，仅鞋底而言，就颇见功力。母亲做的一般是千层底。所谓"千层底"，顾名思义，鞋底较厚，一层又一层的，好似有千层。千层底层多，为了结实不脱落，得在底子上用麻绳反复纳线。这样一来，可在鞋底上纳出各种各样的图案。母亲纳出的千层底既有抽象的几何图案，也有波浪纹。一双鞋底，看上去就像一幅画。母亲做鞋，功夫多花在鞋底。常忆起那时的夜晚，母亲忙不过来，就让大嫂二嫂帮忙纳鞋底，她们一边纳鞋底一边话家常。小妹不会做鞋子，母亲常常感慨："我们年轻的时候，不会做布鞋，就没有媒人上门来提亲。"小妹不以为然："等我有钱了，我买皮鞋穿。"母亲用手指了指小妹的额头说："我们是为了给你撑面子。"母亲在油灯下纳鞋底的样子很优美，她稍一比画，将针在头上篦几下——针尖擦上头油，是为了能更好地透过厚厚的鞋底——然后便将针尖对准鞋底某个部位，扎进，用戴在右手食指或中指的顶针箍抵着，将针慢慢往里推进，然后捏紧穿过鞋底的针尖往外拉。实在拉不动时，再用钳子夹住那露出的针尖将它拔出来，随后用手拉着针眼后的白线不停地抽，抽一截刺啦一声响。

鞋底纳好后，母亲和小妹逢集就去漩涡街上采购布料，像平绒、毛呢、涤纶布、无纺布、帆布，以及松紧等材料。回家后就立即赶制鞋面，然后一针一线地把鞋面缝在鞋底上，母亲每次缝完最后一针，剪掉线头时，脸上露出的喜悦我无法用文字来形容。

母亲做的鞋结实好看，穿着舒适合脚，轻便防滑，冬季保暖，夏季透气吸汗，更主要的是耐穿。女人之间会互相攀比，会盯着脚下暗暗较劲。母亲出色的手艺，不但引人啧啧称赞，还会招来不少"粉丝"，村里会有不少姑娘、嫂子前来串门"取经"，她们三五成群地坐在树荫下或堂屋里，一边聊天，一边纳鞋底，更多的是让母亲来指点，母亲总是来者不拒，有求必应。

布鞋做完了，婚期也近了，母亲把布鞋摆在太阳下晾晒。面对自己做的一双双布鞋，母亲不时拿起来仔细翻看，脸上露出满意的微笑。

结婚这天终于来到了，按照当地风俗，当娘的不能送亲，我和大哥大嫂二哥二嫂去送亲。小妹嫁到汉江上游一个叫汉阳的小山村，迎亲队伍是开着船来的，我们随着接亲队伍溯江而上。在新郎家我喝醉了，我拉着新郎的手说："你以后对我妹妹不好，小心我打断你的腿。"

新郎笑着保证说："哥，你放心吧。我不会给你打我的机会。"

那天我吐了，大哥说我把人丢完了，得赶快找个人管管我了。

我苦笑了一下。

小妹出嫁后，一大家子人在一起吃饭，不免要闹矛盾，大嫂和二嫂为一些鸡毛蒜皮的事闹别扭，双方都不理对方，在一张桌子上吃饭，不免有点尴尬，最后闹到要分家，各过各的。关于母亲跟谁的问题，大嫂和二嫂都不吱声，她们的意思很明显，都不想养活我的母亲。本来二哥在老宅旁边修了房，没想到前段时间下了连夜雨，发生了泥石流，土墙房子倒塌了，好在是白天，家里没人。房子倒塌后，二哥又搬回来住了。大嫂和二嫂的推诿，我实在看不下去了，我说："我养活妈！"

二嫂说："这可是你说的，男子汉大丈夫，说话得算数！"

"君子一言，驷马难追。"我说。

母亲伤心地哭了，她不希望分家，不希望这个家四分五裂，可她又没有办法。

大伯把村上队上的干部请来了，他们作为中间人、调解人和见证人，二婶和大姐也来了，爱看热闹的王婶也来了，自陈大头当了乡长后,她说话也开始大嗓门了。大伯开玩笑说:"陈大头整天不回家,你就不怕他在外边被小狐狸精迷惑了?"王婶说:"我借给他一百个胆子他也不敢,小心我把他阉了。"村干部哈哈笑了,笑得有点复杂。

  大哥依然住东边的房间,二哥住西边的房间,母亲还是住从中间隔的那个小房间,留给我的是个过路屋,后来我嫌进进出出不方便,又回到了那个没有窗户的阁楼。房子指定好,然后就是分地分粮食分家具分农具分盆盆罐罐锅碗瓢盆,等等。大嫂和二嫂为一只暖瓶的归属问题争吵了起来,大嫂说这只暖瓶是她当初的陪嫁东西,自然归她;二嫂说暖瓶的胆坏了,这个新胆还是她掏钱买的。两人都不肯让步,大嫂生气地就要卸暖瓶胆,她要把胆还给二嫂。大哥看不下去了,大喝一声:"都别吵了。"他一把夺过暖瓶,递给二嫂。大嫂一下哭了,骂大哥是个白眼狼。最后大家把目光落到石磨上,这个石磨大家都想要,但又不好意思开口,村干部也看透了大家的心思,他提议这个石磨大家公用,母亲和大嫂二嫂点头同意了。

  当天晚上,母亲和大姐说了一晚上的话,说的都是大嫂和二嫂的种种不是,都是些鸡毛蒜皮的事。第二天我早早去了学校,走时我牵着牛,因为这周该我家饲养牛了。

  学校位于磨子沟的中部,处于大山环抱之中,弯弯曲曲的山路清晰可见,坡上开满了白槐花、紫槐花、桐子树花、豌豆花、蚕豆花、野菊花……学校门前有小河,两排长长的房子。这所学校只有我一个老师,共有一、二、三年级三个班,每个班有十多个学生,都是磨子沟的孩子。学校旁边有块草地,杂草丛生,我把牛拴在一棵树上,然后朝我宿舍走去。宿舍很简陋,一张床一张破桌子一盏煤油灯一堆书一个脸盆，就是我全部的家当。学校很静，没有一个人影，学生们还没来。我洗脸刷牙后，来到了教室，天已亮了。我坐在讲台上，打开语文课本开始备课。

第一个走进教室的是吴玉兰，她穿着补丁衣服，留着两个辫子，眼睛又大又水灵，她是一个懂事爱学习的孩子。她父亲几年前得病死了，她和母亲相依为命。她母亲被人称为黑寡妇，很泼辣，村里那些光棍都不敢欺负她。吴玉兰见了我腼腆地一笑，"老师好！"我点了点头。吴玉兰递给我两个包子说："这是我妈让我捎给你的。"无功不受禄，她干吗要给我捎包子？这个黑寡妇我见过几次，模样还可以，前些日子去她家家访过，才算是第一次跟她谈话。她并不像人们所说的那样，其实她是一个贤惠体贴的女人。我摸了摸吴玉兰的头说："谢谢了！"包子是热的，我咬了一口，满嘴流油，是我最爱吃的大肉包子。

学生们陆陆续续来了，教室里开始叽叽喳喳一片，我让他们安静，读课文。读完课文，住得远的学生们都来了——学生们参差不齐，高矮相差很大，有的念书晚，十岁才读一年级——然后我带大家来到操场上一边唱国歌一边升国旗。当国旗在学校的上空飘扬时，我心里无比自豪，那鲜红之色使这原本清冷的地方洋溢着温暖与亲切的氛围。这是我定的规矩，每周周一，必须要升国旗，这我已坚持了三年。

三个年级，两间教室，教室不够用，我就这样安排，一年级和二年级共用一个教室，三年级一个教室，我给一年级上完课立即又给二年级上，休息十分钟，然后给三年级上，每天我像一个陀螺一样旋转。放学后，学生们走完了，我批改作业，遇到农忙季节，我还得立即回家忙地里的庄稼。

这天放学后,我才想起了我的牛,我原本把绳子拴在我宿舍后面的一棵树上,可牛不见了,难道是哪个调皮的孩子把绳子解开了,牛就跑了?我吓出一身冷汗,牛可是当时最值钱的东西,犁地全靠它呢,甚至来年的收成都靠它。顺着牛的脚印我一路找了过去,翻过一个山坡,穿过麦地中间的小路,来到一处大树遮掩下的土墙房子,白白的墙侧面写着"自力更生,艰苦奋斗"几个红字,正面墙上写着毛主席语录,墙上还挂着笸篮簸箕,屋檐下的横梁上还吊着几串苞谷和一串红红的辣椒,我听到一个女人大声在吆喝,在打着什么:"我让你吃,我让你吃!"

我跑了过去,我看见我的牛被拴在院坝里的一棵树上,我长松了一口气。那个女人就是吴玉兰的母亲黑寡妇,看见她扬起手中的鞭子要抽打牛,我伸手急急说:"怎么了?谁惹你生气了?"

黑寡妇说:"这是谁家的牛,偷吃了我家的麦苗,我要打死它!"

我不好意思地说:"是我的牛!我赔偿你损失!"

"这么巧啊,"黑寡妇眉毛一挑,望着我说,"你怎么赔?你赔得起吗?"

我无语,一时不知道该怎么办好,手足无措。

黑寡妇望着我笑着,我不敢看她的眼睛。

"牛先留下,人先回去,回头我找你算账。"

我急了,"你看这样行不,牛我先牵回去……"

"不行!"

"你我都住在磨子沟,你怕我跑了不成?就算跑了我这个和尚,也跑不了庙。要不你先清点麦苗,按收成赔偿。"

黑寡妇犹豫了一下说:"看在你是我娃老师的份上,我给你一个面子，你先把牛牵回去，至于赔偿问题，等你明天放学后，我晚上来找你。"

我立即答应，先把牛牵走再说。怕她改变主意，我解开绳子，在牛的屁股上用细竹梢子抽打了一下，牛一下跑了出去，我紧紧追了上去。

背后传来黑寡妇的声音："我话还没说完呢，你跑啥？"

第二天，我没有牵牛去学校，母亲给牛准备了干草。下午放学后，我怕黑寡妇真来找我，等学生们都走完后，我也准备离开。就在我准备锁校门时，黑寡妇真的来到了校门口，她望着我说："怎么，准备要走啊？"我望了她一眼，她今天的衣服很干净整洁，打扮得很漂亮，我的目光从她身上飘过，心里慌慌的。

我吞吞吐吐地说："没有啊，我不是在校门口等你嘛！"

"怎么不欢迎我进去？"黑寡妇用挑逗的目光望着我说："人们都说女人是老虎，你怕我吃了你吗？"

我伸了伸手说："请吧！"

黑寡妇径直来到我的宿舍，东瞅瞅西瞧瞧，目光落到我单薄的床上，"没有女人的家，真不像一个家，看你屋里摆得乱七八糟，床单也脏了，要不我帮你洗洗吧？"

"你不是要找我赔偿吗？你说，我到底怎么赔你？"

"不急，"黑寡妇望着我咯咯一笑，"你赔得起吗？我要你用人赔！"

我有点莫名其妙，不知道她话的意思。

"你吃了我的包子，肉包子好吃吗？"黑寡妇的目光带着笑。

我点了点头。

"你还想吃我的肉包子吗？"黑寡妇又咯咯笑了。

"想吃，你的肉包子真好吃。"

"我现在就让你吃。"她抓住我的手，我像被电了一下，想朝回抽手，她手死死按住我的手。她用身体推着我，我朝后移动。

窗外传来了鸟的叫声，我使劲推开她，跑了。我的拒绝是对的，世上没有不透风的墙，万一让别人知道了，我今后怎么有脸在磨子沟待。

回到家里，我看见母亲一边在剁猪草一边在跟小妹说着什么，小妹在默默流泪。这时大哥和二哥也来了。从他们谈话中我知道了，小妹跟他爱人吵架了，妹夫还动手打了小妹。大哥说："你们才结婚几天，他竟敢动手打你，只要开了头，以后打你怕是家常便饭了，我们得给他点颜色看看，刘家人不是好欺负的。"二哥说："得教训他一下。"

第二天，大哥带着二哥和村里几个壮小伙气势汹汹直奔汉阳。本来我不想去的，大哥硬是拽着我，说今天是周末，我在家里也没事。我只好跟着大哥他们一块去了。

二哥身强体壮，平时没多余的话，他到了妹夫家，二话不说扇了妹夫两个大嘴巴子。妹夫见我们人多势众，清楚是怎么回事，立即赔礼道歉，保证以后不再欺负小妹。二哥还要砸家具，妹夫跪了下来让我们饶了他，直到小妹原谅了他，我们才罢手。

妹夫亲自烧了一桌子菜，赔礼道歉。妹夫在酒桌上一一向我们敬酒，保证以后再也不敢欺负小妹了。我们酒足饭饱，打着酒嗝，哼着小曲走了。

从那以后，妹夫再也没有欺负小妹了。偶有吵架动手，小妹回娘家也从不提起，她怕我们又去大吃大喝，上次我们喝了几瓶酒抽了几盒烟，小妹心疼不已。

每天我在学校很忙碌，学生放学走完后，家里不忙的话，我就批改作业。我最担心的还是黑寡妇来找我，可是我越是担心什么，什么就来了。那天，下着雨，黑寡妇提着一瓶酒和一包花生来到我的宿舍，她说她的心情不好，让我陪她喝酒，我说我不会喝酒，她从我屋里拿出碗直接把酒倒了进去，笑着说："在磨子沟不仅男人喝酒，女人也喝酒，如果男人不喝酒就不算男人，难道你连一个女人都不如？我怀疑你不是男人。"我只好端起酒喝了一口。她喝着喝着突然哭了，她说她的男人死后，日子过得又苦又艰难。看她可怜的样子，我心里非常同情，陪她不停喝酒。不知不觉，一瓶白酒快喝完了，我有点醉了，她好像没事似的，我也听说过她的酒量很大，曾把一桌子男人全灌趴在桌子底下。她把手放在我的肩膀上，用炙热的目光望着我，她说她想找一个伴，她非常看好我，喜欢我，愿意嫁给我。我虽然喝醉了，但头脑非常清醒，我只是傻笑。那天晚上，我清晰记得，她把我抱在怀里，其实我们什么都没做。

第二天醒来时天已蒙蒙亮，床上没见她的身影，她已走了，我怀疑昨晚发生的一切都是梦，但屋里依然弥漫着酒香和她身上的香味，我才明白这不是梦，是真的。我回味了半天，公鸡的叫声一声又一声，我立即起床，说不定一会儿学生们就来了，每天总有几个学生来得特别早。

整整这一天，我精神都非常恍惚，我不知道该怎么办好。她找我喝酒其实是故意在勾引我，我有点无法面对这种诱惑了，但我的心里有一种声音在告诉我，不能不能……我跟她不合适。如果她再这样纠缠下去，我怕控制不住自己了，当断不断，反受其乱，我必须要跟她划清界限，如果她像狗皮膏药一样缠住了我，甩都甩不掉，我就麻烦了。本来我就有点被动，一旦她完全掌握着控制权，我就会被她牵着鼻子，乖乖跟她走。

我没想到的是，黑寡妇想跟我结婚的愿望是那么迫切，果然她又发起了进攻，不是对我，而是对我家人，她想从我家人入手，让我母亲给我施压。她心里也明白，我母亲也喜欢她，也希望她成为刘家的儿媳，成为我这个光棍五狗的老婆。

那天我回家，母亲对我很热情，问长问短，我说："妈你有事就直说，别绕圈子了。"母亲笑着说："黑寡妇已找过我了，她答应我了，愿意嫁给你，并且不要一分钱的彩礼，这简直是天上掉馅饼，我满口答应了。"我说："我还没答应，你答应啥？"母亲说："你别不好意思，她都给我说了，她非常喜欢你！她还说，你们不仅都亲嘴了，还睡了，她生是你的人，死是你的鬼。我问你，你们是不是亲嘴了也睡了？"我急得憋红了脸，母亲呵呵笑了。我说："事情不是你想象的那样，是她亲我，不是我亲她。"母亲说："这有区别吗？"我说："当然有区别。"母亲又问："那你就告诉我，你们是不是晚上睡在一张床上了？"我说："是……"我话还没说话，母亲哈哈大笑："男人要负责，你要负责到底。"母亲说完转身走了。母亲这是去找算命先生去了，她是想请算命先生给我和黑寡妇算一卦，看我们生辰八字合不合。母亲在半路上遇见了陈小红的母亲王婶，就把黑寡妇跟我的事说了出来，这个王婶是个大嘴巴，一说给她，这下住在坎上坎下的都知道了，这个消息迅速在磨子沟里蔓延，人人都知道了我睡了黑寡妇，我们很快就要结婚了。

解铃还须系铃人，我必须要找黑寡妇谈谈，我跟她不合适，从此一刀两断，不再来往。黑寡妇似乎故意躲避我，我几次上门都没找到她。我问她女儿吴玉兰，吴玉兰说也不知道，这段时间她放学后都去了二叔家。

母亲把我们结婚的日子都看好了，我非常着急，每天就偷偷去黑寡妇家的附近躲起来，我就不信她不回来。一个周末的午后，黑寡妇突然在院子里出现了，我大步流星跑了过去，一把抓住她的手说："这段时间你去了哪里？"

黑寡妇呵呵一笑："准备嫁妆呢！"

我手松开了，在空中又挥舞了几下，我转了一个圈，她把我气得说不出话来，最后我指着她的鼻子说："我告诉你，我不会跟你结婚的，我们不合适，求你放了我吧，我们做朋友好吗？"

黑寡妇鼻子一哼："我生是你的人，死是你的鬼，我就喜欢你，我就要缠你一辈子！"

我气得跺了几下脚："可我不喜欢你！"

黑寡妇扬了扬头说："没关系！我会让你慢慢喜欢上我的。"

"呸，"我朝地上吐了一口唾沫，"你这个不要脸的女人，信不信，我抽你几个大嘴巴子，让你清醒一下，看看自己是什么东西。"

"信不信，你不娶我，我就死给你看！"黑寡妇朝我走近了几步，伸长脖子说，"有种你就打，反正我是你的人了。"

我举起手，犹豫了一下，朝她脸上狠狠抽了过去，啪的一声，她的脸上出现了五个红红的指印子，她捂着脸呜呜哭了，"你这个短命的，我死给你看！磨子沟的人都知道我们睡了，你让我今后怎么做人！"

黑寡妇跑进屋里，在外边都能听到她嘤嘤的哭声。

我没想到的是，黑寡妇真在自家屋后的那棵树上上吊自杀了。黑寡妇是独家独院，前后都没住家户，直到第二天下午才被一个放牛娃发现了，放牛娃吓得转身就跑，回家报告了大人。大人又报告给了小队长黄牛，黄牛带人才把黑寡妇从树上弄了下来。

黑寡妇娘家没有硬人，婆家只有一个婆婆，两人关系很不好，婆婆怪儿媳克死了她的儿子，常常诅咒黑寡妇不得好死。没人出来主事，黑寡妇被草草掩埋了。

黑寡妇的死，让我心里充满了愧疚，我连去她坟头烧纸的勇气都没有，我背上了沉重的精神负担，整天待在学校里，不敢在村子里走动。人们把矛头指向了我，都在背后议论我，说我害死了黑寡妇，睡了人家又不娶人家，还打人家，人家无脸见人就上吊自杀了。有人趁机落井下石，想把我赶出教师队伍，要不是三哥托人打招呼，我恐怕在磨子沟待不下去了。

我变得臭名昭著，有人已给我预言了，说我这一辈子注定要打一辈子光棍。

母亲听了默默流泪。

七

进入秋季的磨子沟又是另一番景象。

碧空如洗，洁白的云彩就像一朵朵软软的棉花在空中轻轻地飘浮着，山里层林尽染，像一幅油画。微风习习，山坡上飘荡着一股清香，那是果园里散发出的香味。玉米地里，比人还高的玉米秆上挂着两三个包得像粽子似的小棒在风中摇曳，让人一下子感觉到丰收的喜悦。山谷两边的水稻弯着腰，低着沉甸甸的头，有的农家已开始在收割了，打谷的声音不时夹杂着欢声笑语。校门口有一棵木棉树，黄灿灿的叶子被风吹了下来，它们在空中飘荡，像随风舞动的蝴蝶，像黄莺在嬉戏，地上一会儿铺上了一层金黄，踩在上面沙沙地响。我随手捡了几片树叶，把它带回宿舍，准备做书签。

今天是周一，又是难得的好天气，我把学生们召集在操场上准备升国旗。在学生队伍中，我看见了吴玉兰，自她母亲去世后，她就对我充满了敌意，对我也是爱理不理的。我想把她认作我的女儿，我要供她上学，明年这个时候她就要上四年级了，要去三十里路外的漩涡小学去上学了。我几次向她示好，她不领情，我想她现在还小，等慢慢长大了懂事了，也许她就会原谅我的。

五星红旗慢慢升了起来，学生们敬着少先队礼，唱着国歌。

一个陌生人拿着相机在咔咔拍照，一看他的穿着就知道他不是本地人。升完国旗，我正要走过去，他笑呵呵走了过来说："我是《教师报》的刘记者，路过这里，看见你们升国旗，就拍了一些照片，准备在报纸上采用。"我说："谢谢了！"刘记者说："其实我也听说了，山里有位老师长年累月坚持升国旗，一个人一所学校，你的精神值得广大教师学习。"我脸红了，邀请他到我宿舍坐了坐，宿舍也是我的办公室，很简陋，他顺便也采访了我。我上课时，他又抓拍了几张照片。中午放学后，我留他吃了饭，其实连便饭都算不上，我们吃的是红薯，喝的是南瓜稀饭。无意中他问我家里有些啥人，孩子几岁，我说我还没结婚，他"哦"了一声，笑着说如果我愿意，可以写则征婚启事，在他们报纸上刊登一下。我婉言拒绝了。吃完后，他握手跟我道别。

这件事我很快就忘了，因为是农忙季节，放学后我还得回家收割庄稼。最近的天气很诡异，一会儿晴一会儿阴，最近好像有雨，庄稼必须要赶在下雨前收割回来。好在大哥二哥大嫂二嫂的帮忙，庄稼顺利地收了回来。庄稼收割完毕，果然就下雨了，一下就下了好几天。

天晴的时候，我收到了一封信，拆开一看，是《教师报》，二版几乎用了一个整版发了一组我带领学生们升国旗的照片，国旗在高高地飘扬，学生们笑容很可爱。内文对我有专访，看着我的名字变成了铅字，想着全国好多人都将看到我的名字，我心里有种说不出的激动和高兴。

没想到的是，第二天漩涡区的领导黄万鹏书记陪着县上领导来看我了，对我大加表扬，县上领导问我有啥困难就提出来，我说我没有困难，我将再接再厉，为人民服务。县上领导拍着我的肩膀说："好好干，关于你转正的事，我们会考虑的。"我心里很高兴，但没敢表露出来。

转正是我的梦想，我看到了希望，从那以后我就以校为家，吃住都在学校里。母亲对我也是大力支持，说坡上田里的活不用我操心了，母亲定期把粮食和蔬菜给我送来。我没有松懈，批改完学生的作业后，我就学习与教育有关的书籍，我得提高我的教学水平。

三哥如今已是武装部副部长，三嫂也调到了教育局工作，负责内勤，也许有他们暗中帮忙，我转正问题很快就落实了。我不敢想象，转眼我就由一个民办教师成了公办教师，这是好多民办教师、代课教师的梦想，那一刻，我比范进中举还高兴。

工作问题解决了，我就又开始考虑个人的事了。在磨子沟没人愿意嫁给我，我何不在外边找找看看，说不定真有女孩子愿意嫁给我呢。我想到了《教师报》的那个刘记者，当时他让我刊登征婚启事，我拒绝了，现在我何不起草一个征婚启事给他邮寄过去，能刊登就刊登，不能刊登也无所谓。

征婚启事写好后，我像做贼一样心里很不安，生怕被别人发现。第二天是周末，漩涡街又逢集市，到了这一天，方圆几十里的人成群结队都来赶赴这场盛会。母亲要去赶集，让我陪她，我故意扭扭捏捏了一番，不想让母亲知道我要在报上刊登征婚启事，感觉那是一件丢人的事。我帮母亲提着一篮子鸡蛋，母亲想到集市上卖了，再买些盐酱油什么的。

我提着篮子走出谷口，看见江边的渡船忙得不亦乐乎。江边路上的行人三五成群，特别是小媳妇和姑娘们打扮得很漂亮，嘻嘻哈哈说笑着。他们或挑或背，有的抱着鸡提着篮子，篮子里装着鸡蛋，有的背着背篓，有的挑着箩筐，里面装着杂七杂八的东西，有洋芋有红薯有苞谷有蔬菜，有的牵猪牵牛，有的扛着柴火，有的背着扫帚、笸篮、簸箕、筛子……我跟母亲沿着江边行走了一个时辰，来到了冷水河，河水清澈，河面上布满了大大小小奇形怪状的鹅卵石。母亲口渴了，蹲下用双手捧起水喝了一口。我踩着跳石牵着母亲的手过了冷水河，上一截坡，就来到了漩涡街。

漩涡街是一条"一"字长街，说长不长，也就几百米。赶集的人按先来后到的顺序把自己要卖的东西依次排在街道的两旁。街上人山人海，摩肩接踵，有些地方到了难以通行的地步。熟悉的人都知道，他们都是从附近的堰坪、凤江、梓龙、塔岭、杜家垭等地赶来的。街边商摊众多，摆满了布匹、食品、日杂、山货土产等。当然，最吸引我的是那些小吃，一下勾起了我儿时的记忆。油炸饺子是我小时候的最爱，据说油炸饺子是汉阴特有的地方名点，已有两百多年历史。每次有了零钱，我就站在摊旁，看着铁锅里的油翻滚，看着摊主把调好的米面糊舀入铁制的米饺模具中，再将一勺豆腐饺馅加入，最后再用米面糊封好下锅煎炸，等饺子炸至金黄略带焦红色时捞起沥干清油，一个半圆形又香又脆的油炸饺子就做好了。饺皮入口微脆，馅子软，其味鲜美，每次吃完一个还想再吃一个。还有就是饴糖，软软的一拉拉好长，如果饴糖和爆米花糅合在一起，又是一种味道。特别是水果成熟的季节，山里人用箩筐挑着樱桃、杏子、李子、桃子等来到集市，几分钱一斤，嘴馋的我们常常吃到肚儿圆。

母亲好不容易找了一个位子，把一篮子鸡蛋摆在街道上。我摸了摸胸前口袋里的信件，对母亲说："我去上趟厕所。"母亲说："你去吧。"

小镇虽小，什么人都有，卖狗皮膏药的，卖老鼠药的，耍杂技的……简直是个大杂烩。卖老鼠药的人巧舌如簧，有时还打着快板："一包药两毛钱，屋里老鼠全闹完。老鼠药，赛糖丸，闻着香，吃着甜，大小老鼠都稀罕。不用掺，不用拌，老鼠一闻就完蛋……"记得以前母亲就是听了他的推销词，买了几包老鼠药，结果老鼠把药吃完了，也没见一只死老鼠。等下次逢集母亲去找他们时，早已不见踪影了。

前面围了一堆人，我挤了过去，原来是卖狗皮膏药和耍猴的。卖狗皮膏药的很有生意头脑，他们先是舞枪弄刀耍一套武术套路，人群一下围了上来，然后装作无可奈何的样子推销"灵丹妙药"。还有的摆着大玻璃瓶，瓶子里的药水泡着蛇，蛇仿佛是活的一样。耍猴的更有意思，小锣一响，小猴子表演各种动作和玩小游戏，到关键时刻,耍猴人作个揖,大声说:"有钱的捧个钱场,没钱的捧个人场。"聪明的小猴子把锣反过来,捧着锣开始收钱。

走了几步,看见前面支着一个蒙古包似的房子,捂得严严的,门口挂着醒目的牌子,上面写着"大变活人"等等什么的,进去后,喇叭一响,台子上站着几个年轻漂亮的女人,随着音乐扭动身体。男人们的眼光顿时直了,有的被媳妇拧着耳朵扯走了。

我来到了邮局,邮局在漩涡街中间的一个山坡上。我买了信封和邮票,柜台里的女人望着我,我不好意思地低下头。

"你就是刘建国吧?"

我抬起头,女人望着我笑:"你果然就是刘建国,怎么记不得我了?我是你同学郝红妍啊。"

我想起来了,在我的记忆中郝红妍扎着两个小辫子,如今烫着卷发,很洋气。"你不是全家都搬到县城去了吗?怎么又回来了?"

"我爱人调到漩涡区上当副区长,这不我就跟了过来嘛!"

"恭喜你啊!"

"听说你还没结婚,是真的吗?"郝红妍笑着说,"我孩子都上初中了。"

郝红妍声音很大,大厅里还有好几个人取汇款和邮寄信件,我有点儿尴尬,甚至有点儿自卑,信封我已写好,贴上邮票,塞进邮箱里,我说:"我还有事,先走一步,回头再聊!"

我来到街上,母亲已不见了,估计她已卖完鸡蛋了。在一个布摊前,我看见了母亲,母亲正在看的确良布料,面对五颜六色的布料,母亲眼睛都直了,挑选了半天,她一定在盘算着口袋里的钱够不够。母亲一直想给自己做一身新衣服,王婶穿着新衣服在母亲面前已炫耀了好几次，她没夸自己的新衣服如何好看，只是不停地夸漩涡街上裁缝店的老板手艺好。这些裁缝店的老板大多是四川人，个个手艺都不错，磨子沟男男女女的过年新衣服大都是这些四川人做的。母亲见了我，放下布料，依依不舍地走了。我的口袋也羞涩，学校已是半年没发工资了，等发了工资，我一定给母亲扯上一块上等的布料，做一身漂亮的衣服，母亲身上这件衣服已是一个补丁又一个补丁了。

我跟着母亲来到供销社买了煤油，然后又到商店买了盐及生活必需品。从商店走出来时，太阳已偏西，街上行人也越来越少了，我提着篮子回家，篮子里装着我们采购的东西。

每天的日子就这样波澜不惊、平平常常地过着，树叶也开始慢慢变黄掉落，有的已变成了光秃秃的树枝了，天气也慢慢变冷了。

邮递员突然出现在校门口，交给我几封信。怎么会有我的信呢？这些信都是从外省邮寄过来的，我很奇怪，撕开信封，信件里还夹有女子的照片。我一口气读完信，才知道我的征婚启事已在《教师报》上刊登了，她们是来征婚的。我立即给她们一一回信，有的问我要照片，我却没有照片，仅有的几张还是小时候的照片，于是我特意跑到漩涡街上国营照相馆照了大头照。为了回信方便，我买了一叠邮票和信封，这样就可以直接塞进邮局外的邮箱里，避免了遇见郝红妍的尴尬。

第二天，邮递员又来了，他又交给了我几封信。后来几天，邮递员天天都来给我送信，再后来信件如雪片一样朝我飞来。我白天乐滋滋地站讲台，晚上笑眯眯地读来信。看着信纸上娟秀的笔迹，我既激动又兴奋。邮递员很奇怪，问我怎么这么多信。我开玩笑地说："我现在是名人，上了报纸，好多姑娘都来追我呢！"邮递员撇了撇嘴："你就吹吧。"邮递员天天给我送信，他也累了，干脆把我的信件集中起来，一次给我送来。那时我很快乐，同时也很痛苦。苦就苦在我坚持每信必复，人家姑娘给咱写信，成不成总得回个话吧，于是我夜夜回信，通宵达旦。没日没夜写了一年信，文笔也流畅多了。

大哥发现了我的异常，见我整天待在学校里也不回家，就悄悄来到我的宿舍，我正在写信，想藏起来已来不及了。大哥问我怎么回事，他也听说了我的信件很多，我只好全盘说了出来，拿出一沓姑娘照片让大哥参考。大哥翻了翻，说不靠谱，小心她们是骗子，他从没听说过报纸上征婚没见过面写几封信就能找到对象。我说："我是个男的，又没钱，怕啥？就算被骗色了，我也不吃亏。"大哥轻轻打了一下我的头说："想得美！"我无意说到了在邮局上班的我的同学郝红妍，还说她的爱人在漩涡区上当副区长。大哥说我傻，应该多接触郝红妍，人家爱人是区长，说不定今后有事还要求人家呢。我不以为然地说："我能有什么事啊，没想到大哥也这么俗气。"大哥说我三十好几的人了，一点儿都不懂人情世故。

后来我去邮局寄信，遇见了郝红妍几次，她对我很热情，喊我为大名人，她主动找我聊天，说同学谁谁混得好，谁谁的孩子上初中了，谁谁又离婚了……她还说她之所以撵到漩涡来就是不放心她的爱人，怕爱人被别的小狐狸精勾引走了。她问我为啥没结婚，是不是我那个方面有问题。我脸红了，记忆中郝红妍是个害羞的小女孩，如今是见过世面的人了，啥话都能说，口无遮拦，毫无顾忌。对她的八卦我不感兴趣，我又在她手上买了一叠厚厚的信封和一板邮票，她吃惊地望着我说："听说你跟一百多位姑娘通信，我一直不信，看来他们说的是真的了。没想到，你的魅力还挺大的嘛！"我嘿嘿一笑，走了。后来我去邮寄信就尽量躲避着她，不想听她的八卦和牢骚。

一天，邮递员又给我送来一沓信，其中一封引起了我的注意，这是一封印着绿孔雀图案的信。吸引我的并不是寄信人，而是信封上"西双版纳"这个神奇的名字。看着信封上那只绿孔雀图案，我就把写信人想象成了一只美丽的绿孔雀，我有种预感，她可能会成为我的妻子。后来我才知道绿孔雀是西双版纳的吉祥物。怀着激动的心情，我打开信，字很娟秀，她说她已在报上看到我的照片了，被我的精神感动，要向我学习等等，信的落款是肖云秀。我给她写去了第一封信，信中从头到尾都是对西双版纳的好奇和神往。半个多月后，她给我回信了，她像一个耐心的解说员，把大象、蟒蛇、傣家竹楼、原始森林……一一介绍。直到写第十封信时，我们还仅仅知道对方是教师，而我对西双版纳依然问个没完没了。肖云秀的第十一封回信寄来一本书——《西双版纳风情奇趣录》，扉页上写着："你要了解西双版纳吗？它会告诉你。"

我知道自己跑题了，连忙寄出了第十二封信，详细介绍了自己的年龄、身高、体重等等以及关于人生、教育、教学诸多方面的感想。在信的末尾我鼓起勇气写道："在我心中你就是美丽的西双版纳！"

随着书信往来，我渐渐了解到，肖云秀从小便生活在橡胶园里，父母都是橡胶工人。后来，支撑西双版纳文教事业的知青们纷纷返城，这里的许多部门严重缺员，那时初中刚刚毕业、成绩优秀的肖云秀便响应组织的号召，做了一名初中教师。肖云秀是位好学、好问、好强的女孩，她一边教一边学，虽然只教了短短四年，却成了当地政府表彰的"教学新秀"。

那时从陕南到西双版纳多远啊！手摇的有线电话机根本打不到，一封信最快也得寄十五天。尽管如此艰难，我们仍然夜夜伏案，把当天教育教学中的点点滴滴写在信纸上，第二天大清早或晚上装进邮箱，发给对方。

那时的《教师报》是我俩必读的报纸（我自己掏钱在邮局订了一份），每当《教师报》上刊出教育教学类文章，我总要通过书信圈圈点点，提醒肖云秀认真阅读，然后我们结合各自的教学再去实践。肖云秀要教《卖炭翁》，生活在亚热带的人根本不知木炭为何物，我便寄去一斤木炭，我在信中写道："愿借这点木炭燃起爱的火焰。"并且还附上自己根据《教师报》上有关《卖炭翁》一课的教学论文而设计的教案。后来她来信说："教案和木炭帮了大忙，赛讲课荣获一等奖。"她还随信寄来两颗鲜艳的南国红豆，并附上千古名句"红豆生南国，春来发几枝。愿君多采撷，此物最相思"。她说是对我的感激，别无他意。我手捧红豆，口吟名句，一股暖流涌遍全身。

端午节，我寄去了一片采自秦岭山的艾叶，她寄来了一个亲手绣制的荷包。我无意提到了《澜沧江边的蝴蝶会》这篇文章，她亲自捕捉澜沧江边的美丽蝴蝶，制成标本给我寄来。那时电话还通不到边疆，我们就在节日之际互发电报，表达彼此的相思之情。

《教师报》拴住了两颗炽热的心，爱的电波缩短了秦岭山脉到西南边陲遥远的空间距离。每当我提起笔，就感觉她站在我面前，正含笑倾听我的诉说。我们的通信也由三天一封变为两天一封，最后干脆每天晚上都写信。尽管对方收到"晚安"已是十多天后的另一个夜晚，但我们总觉得结尾那个饱含深情的"吻"字仍散发着对方的温馨。

寒来暑往,光阴荏苒,不知不觉,我们通信了两年。

这期间,人们看我的眼神总是怪怪的,说我整天都是神神秘秘的,还有人说我是个特务,整天都在朝外边邮寄信件,传递情报。人们慢慢疏远了我,生怕我牵连他们。母亲也在质问,我说我在谈恋爱呢。母亲说:"把她带回家,让我看看。"我说时候还不到。母亲去学校偷偷侦察了几次,她以为我把对象藏在宿舍里了。结果母亲很失望,向我下了最后通牒,过年如果不把对象带回来,她就不认我这个儿子了。我向母亲保证,明年一定把儿媳给她带回来不说,还要让她抱上孙子。母亲被我逗笑了。

信笺和电报已难以满足我渴望相见的心,我把肖云秀的模样想了又想,她一定是位漂亮的西双版纳女孩子。我多次要她的照片,她都拒绝了,她说真心喜欢一人,外表是次要的。我想去看她,寒假前夕含蓄地发出急电:"我想看西双版纳。"回电只有一字:"来。"

我手捧回电,惊喜之中又有几分犹豫,迢迢千里去相亲,成则大喜,倘若不成难免成为笑柄。我犹豫再三,决定还是去。走时我没告诉任何人,只在门上贴了一张字条:"我有事去西安,一个月后回来。"我带着一瓶酒、一条宝成烟、一袋核桃和一份《教师报》悄悄踏上了南下的火车。路过沅江时,我又用两元钱买了一枚假金戒指。

碧绿的凤尾竹,火红的木棉花,高大的椰子树,多么迷人的西双版纳风光啊!然而我却无心欣赏风景,下车后连脸都顾不上洗就用急切的目光在人群中搜寻手拿《教师报》的西双版纳姑娘。忽然,我看见美丽的凤尾竹丛中忽闪着一双热情的眼睛,只是脸用报纸挡着。我仔细一看,对!挡住脸的正是《教师报》!我急步向前走去。然而,姑娘却扭转了身子。莫非不是她?正在我犹豫的时候,凤尾竹丛中轻轻传出刘建国的名字。真是犹抱琵琶半遮面啊!我连忙绕过去,但姑娘已走了。其实这姑娘就是肖云秀,她躲在一边早已把我观察了一遍,但让她没想到的是她苦苦盼望的心上人竟像一个叫花子:身披黄棉大衣(是三哥当兵时穿的,后来他送给我,我一直舍不得穿),脚穿棉鞋,头发乱糟糟,脸又脏又黑。后来她告诉我,当时她的内心很矛盾,甚至有点儿失望,但我不远千里赶来,如果她直接走了,就有点儿不地道了。我追了上去,把手中的《教师报》都跑丢了。

后来,她站住了,背对着我。

"肖云秀同志,我就是刘建国!"我不好意思地脱下黄棉大衣说,"我向你检讨,我地理是体育老师教的,我以为西双版纳的冬天是冰雪满地,没想到这里满眼翠绿,鸟语花香,春意盎然!"

肖云秀转过身来,她看了我一眼,有点儿害羞,匆匆低下了头。见她第一眼,我的心就开始扑通扑通跳,我知道她就是我今生要等的人。

肖云秀极不情愿地带着我来到她二姐家。同是教师的二姐亲手给我剪了头发,又让我洗了澡,并且取出爱人的衣服给我换上。这时我看上去像换了一个人似的,肖云秀看了一眼又一眼,终于笑了。我的脸被她盯红了,见她二姐在厨房忙碌,便低下头掏出那枚假金戒指对肖云秀说:"没啥送你的,送你一枚假金戒指。"肖云秀接过戒指笑着说:"你还诚实,不把假的说成真的。"

经过几天的接触,肖云秀感觉到眼前的我和信上的我一样,是个憨厚老实的人。谈到初到时我的那身打扮,我说:"出门时家乡正是冰天雪地的严冬,谁想来到你这里却是炎热的夏天。"她笑着说:"北国风光和亚热带丛林本来就是两个天地,亏你还是一个老师,说出来不怕人家笑话!"我说:"当时满脑子都是你,哪想到这些?不亲临其境是难以想象其间的巨大差别的。更何况那时成昆线上火车烧的还是煤炭,铁道线上几里长的山洞子里全是散不出去的煤烟,乘客个个就像刚从煤窑里出来的矿工。我从秦岭到西双版纳,汽车、火车、轮船换着搭乘,为了早一天见到心上人,马不停蹄地赶了十天,直到走出西双版纳的车站,看见你的那一刻,我才想起脸还是十天前出门时洗的,至于参差不齐的头发,那是为了省几个路费自己对着镜子剪的。"肖云秀听了我的这番话后,心里冰消雪散,喜笑颜开。她喜欢上了眼前这个文雅憨厚的小伙子了。

二姐对我也很满意,她也早就在报上看到我的事迹了,问了我家里和学校的情况,说起教学理论,我说得头头是道,其实都是我从书上看的,她也觉得我是一个憨厚老实的人,还是一个有理想有抱负有发展前途的人。

二姐对肖云秀说了几句什么,肖云秀高兴地带着我去见她的父母,我心里很紧张,生怕他们看不上我,没想到她的父母通情达理,也是憨厚诚实的人。她父母对我也还满意,就爽快地说:"既然老远过来了,就结婚吧。再说都是教师,两人还可以互相帮助,共同进步。"他父亲接着说:"我年轻时就参加了革命,参加过解放战争。在报上我看了你的学校,我把女儿嫁给你,也算是我为大西北的教育做点儿贡献吧!"

几天后,我跟肖云秀在美丽的西双版纳举行了简朴的婚礼,有点儿像现在的闪婚。我心里在偷着乐,事情发展得太快了,我做梦都没想到我能这么快就结婚了。

新婚几天后，我领着新娘子肖云秀踏上了北上的旅途。前来送亲的是肖云秀的二姐和姐夫，他们夫妻也都是教师。共同的事业、共同的语言使他们一路上尽享亲情和爱情。班车翻越秦岭时，山上和公路上积满了雪，二十岁的肖云秀第一次看到雪，她下车后抓着雪又蹦又跳，高兴得像个孩子。她第一次领会到了"寒冷"这个词的含义，但有爱相伴，风雪何惧。

车到汉阴漩涡街后，我领着妻子翻山越岭回到了磨子沟小学那间十五平方米的茅草小屋时，肖云秀突然哭了起来。我以为她为小屋条件简陋而伤心，便过去安慰。肖云秀说："我有一个小包丢在车上了，包里有两千元钱。"那时的两千元可不是一个小数目，我说："我去找找。"肖云秀说："都过去那么长时间了，肯定找不到了，人怕早都走了。"我和肖云秀一块儿去找，还好包还在车上。那司机说："我知道你们会来的，我一直在等你们。"山里人的纯朴深深感动了肖云秀。

突然之间领回一个娇美的南方姑娘做妻子，母亲高兴不已，拉着儿媳的手问长问短，然后又杀鸡招待我们。这事就像一枚炸弹在磨子沟爆炸了，着实让人们大吃了一惊，他们在背后议论纷纷，我似乎成了人贩子。面对布满磨子沟的疑云，我和肖云秀关起门来笑作一团。

黄昏时，小队长黄牛传话把我叫到他的屋里，我递过去一根烟，黄牛摆摆手说："不抽。"我把烟缓缓放在桌子上。黄牛满腹疑团地问："听说你结婚了？"

"是的。"我擦燃了火柴，黄牛却没有就火抽烟，直到火柴快烧到手了，我才把火柴扔在地上。

"媳妇是……"

"西双版纳的。"

"那么远，怎么没听说过就结婚了……"

我只好将自己的笔恋和盘托出。黄牛听着我们的浪漫经历，手慢慢地向桌上那根烟伸去，还没拿起来，门被推开了，在外面偷听的人们一拥而入。我连忙递上烟。那个哑巴跷起大拇指，他在夸赞我有本事，领回来一个南方姑娘。我哈哈笑了。

转眼开学了，西双版纳那边的学校又是写信又是拍电报催肖云秀回家代课。那些日子我失眠了，我舍不得她走。我开始苦苦哀求她，说我多么多么喜欢她，求她别走。肖云秀拿着电报想了几天几夜后给父母写信，她说陕西汉阴县虽然贫穷，但山里人的纯朴深深感动了她，她决定在这贫困的大山里教书，让他们把她的有关手续寄过来。很快，她的调动手续就办好了，肖云秀和我就一同暂时在磨子沟小学教书了。

绿孔雀真的飞到秦岭深处来了。

八

从南方到北方，肖云秀首先要面对饮食习惯的改变。她喜欢吃米饭，而磨子沟缺的就是大米。磨子沟这个地方水田少，旱地多，而且水稻产量很低，交完公粮，家里就所剩无几了，一般到逢年过节时才能痛痛快快吃顿纯白米饭，平常大多是苞谷、洋芋、红薯、南瓜什么的，偶尔吃一顿米饭，往往是在大米里加了不少苞谷米粒。当时干部和吃商品粮的人吃米要凭特供票，一年才供十公斤。再加上水土不服和气候不适应，肖云秀生病住院四十多天，体重一下瘦了二十多斤。

病愈后，我带她去山上散心，她望着南方，想起了西双版纳的父母，泪水就悄悄滑落。

我知道她想家了，问她过不惯山里的苦日子，嫁给我是不是后悔了，她摇了摇头说这跟当年她在西双版纳当知青相比，强多了。时间长了，慢慢就习惯了，跟相爱的人在一起，再苦再累，也是幸福甜蜜的。我好感动，紧紧抱住了她。

肖云秀说："我突然有个想法。"

"什么想法？"我问。

"我想考安康师范学校，"肖云秀说，"我本来是教初中，听说当初教育组想把我安排在漩涡小学的，不知为何突然没了动静，估计他们嫌我学历不够吧。"

我说："漩涡小学虽然条件好，但离我这里太远了，来往不方便，虽然你待在磨子沟有点儿屈才了，但慢慢来吧，我们共同努力去考师范学校，到时我们再要求一块儿到漩涡小学或初中教书，你看这样可以吗？"

肖云秀点了点头。

我和她就开始每天晚上挤在一张桌子上，共用一盏煤油灯，我们废寝忘食地复习功课，我们共同的目标就是要考上安康师范学校。夜晚的校园是安静的，也是甜蜜的，整个校园都是属于我们的，我们能听见彼此的心跳声。夜晚，我牵着她的手在校园散步，欣赏着天上密密麻麻的星星，偶尔有流星划过天空，我们拍手欢呼不已。肖云秀说："流星划过天空时许愿，你的愿望一定就会实现的。"我们立即双手合拢放在胸前默默许愿。流星消失在山的那头,我分开手说:"你许的什么愿?"她调皮地一笑,"就不告诉你!"我说:"要不这样,我们回到房间把各自的愿望写下来,看看我们的愿望是不是一样的。"她说:"好啊。"我们回到屋里,把各自愿望写在了纸上,然后互相交换。我们相视一笑,我们的愿望都是一样的:永远在一起,永不分开!我紧紧把她抱在怀里,说着悄悄话。有风有雨的夜晚,又是另一番景象,窗外的树枝哗啦啦地响,不时有树枝折断的声音,风从窗户钻了进来,煤油灯左右摇摆,接着就是大雨哗哗落了下来,屋里漏雨,我只好用洗脸盆接着,滴滴答答,在静静的夜里显得非常神秘,我们尽情地享受着两人世界,幸福地相拥而眠。

当肖云秀告诉我她怀孕了时,我抱着她转了一圈,她立即喊停下,小心肚子里的孩子。我放下她,在她脸上亲了一下,夸她了不起!

二哥的大儿子来到学校喊我们去他家吃饭。我才想了起来,二哥又修建了新房子,乔迁之喜,要贺房子。二哥的房子修在马路边上,这条马路还是去年修的,是条土路,不太宽,能过一辆车。天晴时,如有车通过,车屁股后面就扬起满天尘土,行人就要捂住鼻子快速躲过。一逢下雨天,马路上就形成两条车轮子的深坑,上面积满了雨水,一不小心踩进去,积水有的都没到膝盖了,有的甚至直接摔倒在里面,爬起来就成了一个泥人,引来围观的人哈哈大笑。

二哥的门前落满了鞭炮的纸屑,红红的一片。院子里已搭起了棚子,还支起了灶,灶上热气腾腾地冒着气。二嫂面带微笑热情地招呼客人,不停地散烟,亲朋好友都来了,都在夸二嫂贤惠,房子漂亮。二哥是个闷葫芦，他们这个家全靠二嫂撑着，二嫂能吃苦，不仅坡上是一把好手，屋里也是一把好手，她每天都在做豆腐卖，还喂了几头大肥猪。

屋里屋外支了八张桌子，流水席，一次开八席，男女各四席。我看见两个空位子，牵着肖云秀的手走了过去。我考虑肖云秀跟村里女人们不太熟悉，怕她分开和别人坐一起不免有点儿尴尬。刚坐下，黄牛看了肖云秀一眼，意味深长地说："小两口蛮恩爱的嘛，坐个席都舍不得分开。"黄牛是支客师，我知道他的意思。

屋里的母亲看见了我们，喊着肖云秀的名字，刚好屋里有个空位，肖云秀望了我一眼，我点了点头。

开始上菜了，八个凉菜，十道热菜。如今磨子沟家家都有地了，粮食也够吃了，有的还搞起了副业，日子好过了，人们自然在吃上开始讲究，新衣服可以不买，但吃就比较阔绰大方了，鸡鸭鱼肉是必须有的。磨子沟的人好客，不能让客人见笑，客人吃好了喝好了，主人的脸上才有光。

坐在上席好位置的是大伯和几个德高望重的老人，坐在我身边的是村里几个小伙子，他们很羡慕我娶了一个外地的媳妇，不停向我敬酒，向我请教经验。大伯作为长辈，心里有点儿不高兴了，年轻人不向他敬酒，有点儿不懂礼数。大伯说："我的侄子知书达理，上知天文，下知地理，再看看你们，斗大的字不识一个，何况你们还没眼色，还不懂规矩，哪个女人愿意嫁给你们？"几个年轻人站起来开始向大伯和长辈敬酒，让大伯给他们介绍对象。

一个人不知是有意还是无意，大声说到了黑寡妇，还说她的女儿辍学了，准备去城里给人家当保姆呢。黑寡妇让我身败名裂，让我在磨子沟一直抬不起头，当时好多想看我笑话的人就预言，说我这一辈子要打光棍，如今我不仅娶了老婆，还是一个漂亮的南方姑娘，这让他们心里不平衡了，我瞪了他们几眼，他们低下头不语，或抽烟或喝酒。

晚上我们回到学校，肖云秀突然对我翻了脸，不理我了。我问她怎么了，劝她别生气，生气对肚子里的孩子不好。她问黑寡妇是怎么回事，看来果然有人告诉了她，我只好原原本本把事情经过告诉了她，请她相信我所说的一切。

肖云秀笑了："我相信你。"

我说："黑寡妇的女儿本来今年就要上初中了，却辍学了，我一直想认她为我的干女儿，要不明天我们去看看她。"

肖云秀说："宜早不宜迟，要不我们现在就去看她。"

我和肖云秀来到了吴玉兰的二叔家，自她母亲去世后，她就带着弟弟跟着二叔过，她二叔已八十多了，满头白发。一个老人带着两个还没成年的孩子，家里生活条件可想而知了。老人见了我们很客气，让吴玉兰给我们倒水喝，肖云秀摆了摆手不让倒。几年工夫，吴玉兰长高了一大截，我问吴玉兰为何不去上学，她咬着嘴唇低下头不语。我就给她二叔做工作，让她去上学，坚持三年，初中毕业考安康师范学校，当老师是吴玉兰的梦想，至于上学费用，我们承担。同时我想认她为干女儿。她二叔犹豫了半天，考虑到自己八十多了，最后点了点头。走时我给了吴玉兰一百元钱，让她上学报名用。吴玉兰把我们送到门口，感谢不已，她说她一定要好好学习。

妻子的肚子慢慢鼓了起来，母亲提醒我要去办准生证了，说现在全区都在搞计划生育，推行"一胎"政策。第二天我领着妻子跑了好几趟，才开了证明，到漩涡街上计生办又跑了几次，负责人老不在，跑了一个礼拜，终于办好了准生证。有了准生证，我的心里终于踏实了。

这年的夏天，突降暴雨，一下就是一个礼拜。汉江暴涨，浑浊的江面上漂浮着木材、死猪以及各种垃圾，有人围在岸边打捞着木材，有的小伙子甚至跳进江里去捞木材。水已漫延进了磨子沟，汹涌的江面上形成一个又一个大大的漩涡，就像一朵又一朵的花在江面上盛开，在漂移，转眼又消失得无影无踪，两岸的庄稼都已被淹没了，碑石弯那段马路也被淹没了，水位离学校只有两米了。我和妻子都急了，把桌子凳子和学生作业都搬走了，学生也陆陆续续回家了，如果水位继续上升，学校恐怕就保不住了。水位在慢慢上升，漫延进了校园，刚开始它们像蛇一样在校园游走，一会儿变成了一片，在慢慢上升，校园矗立在水中。突然啪的一声，校园土墙房子倒了，激起了十几米的浪花，校园迅速消失了，水面上漂浮着木头椽子，唯独校园的旗杆还竖立在水中央，红旗依然在飘扬。如果不是这面红旗，我已找不到学校的位置了。

好在水位终于停止了上涨，但校园没了，我和妻子蹲在地上号啕大哭。

学校没了，学生没学可上，县上领导也在考虑重建学校，同时也在社会上募捐。听说县上一家企业捐了五十万元，要建希望小学。新校址很快定了下来，在原学校的地方上升二十米，建一所一年级到五年级的完整的学校。我和妻子高兴不已。

这年九月，妻子考上了安康师范学校，我却因几分之差没有考上，原本夫妻双双就读同一所学校的计划落空了，但我内心还是高兴，为妻子高兴。

开学后，我把妻子送到了安康师范学校，看着优美的校园，我非常羡慕妻子，我说："你等着我，明年我也要来安康师范学校上学。"妻子伸出手说："拉钩，我等着你。"长这么大，我还是第一次来安康，妻子陪着我在汉江边散步，又逛了香溪洞，我们才依依不舍地分别。

学校在加班加点地修建，新校园很快修好了，学校被命名为磨子沟希望小学，县上领导做了剪彩和演讲，学校正式开学。我被任命为代理校长，同时还增加了几个老师，有两个还是刚从师范学校毕业的高才生。

天气慢慢变冷了，进入了深秋。

那天周末我去安康看妻子，妻子挺着大肚子正在潜心研究"听说读写综合训练"的时候，突然要生了，我把她送到医院，还没送到产科，妻子就生了，是个女儿。我们给女儿取名刘肖雨，妻子还没生前，我们就给孩子取好了名字，我们两人的姓名各取一个字，生男孩就叫刘肖勇，生女孩就叫刘肖雨。

几天后，妻子出院了，我把她接到了磨子沟。

妻子在家带孩子，我去学校上课，那些日子我浑身充满了力量，感觉自己是这个世界上最幸福的人了。

孩子满月，我大办酒席。本来我不想办的，大哥和二哥说我结婚都没办酒席，这次说啥都要办，再说现在双职工只能生一个孩子，多金贵。大嫂和二嫂也在后面大力支持。我只好答应了。这一天，磨子沟的男女老少都来了，像过年一样。这一天，我喝醉了，我高兴。

妻子为了安心上学，也为了我能安心教学，突然做了一个重大决定：把孩子送回西双版纳。我母亲老了，让她带孩子，妻子不放心，她要把孩子送回娘家。

第二天，我们抱着孩子坐船去石泉，漩涡到汉阴城的班车三天才一次，我们等不住了。到石泉后坐班车去西安，再从西安坐火车去西双版纳。孩子在西双版纳一放就是两年，两年里妻子没回一次云南。当然这一切都是后话了。

九

每周一早晨，我依然要求师生们升国旗唱国歌。

磨子沟希望小学新增加了四个老师，两个是磨子沟本地人，听说他们跟区委书记黄万鹏是亲戚，放学后他们就回家了，还要忙农活；另两个是刚从师范学校毕业的高才生，虽然他们也是漩涡人，但离家远，一个在凤江，一个在塔岭，男老师姓王，瘦高瘦高，女老师姓林，娇小玲珑，他们就搭伙做饭，有时我也不回家，常蹭饭吃。我开玩笑说："我看你们挺合适的，干脆你们就……"我话还没说完，林老师的脸一下红了，抗议地喊了一声："刘老师。"我知道她的意思，让我别说了。王老师立即转移话题说："你爱人肖老师啥时候回来？"我说："还早，寒暑假才回来，如今老婆孩子都不在身边，我得抓紧时间复习，我也想去安康师范学校进修。"林老师笑着说："祝你们夫妻早日团聚，比翼双飞。"

那时候我们穷，生活很单调，但很快乐。那时村里没电，家家照明都是煤油灯，只有漩涡街上有电，用的是柴油机发电，一到晚上十二点就停止供电了。村里没电，自然没有电脑，没有网络，没有手机，但感觉那时学生们可玩的东西很多，他们光着屁股下河洗澡，到小河里捉鱼，到果园里偷果子，到草丛里捉萤火虫，到山上玩打仗游戏，在村里青石板铺成的街道上滚铁环、玩跳绳、玩陀螺、打沙包、踢毽子……男孩子有时站成一排，看谁尿得更远。儿童时代那天真淳朴的岁月，记忆最深的还是露天电影。

山沟里日子感觉比较漫长，特别是一放学，学生们都走了，校园里很安静，老师的心顿时也空荡荡的。王老师耐不住寂寞，就邀请林老师一块儿看电影，那时的电影大都是露天电影，不要门票。有时我也跟他们一块儿去看电影。

露天电影没有规律，今天在这村里放，明天又在那村里放，特别是红白喜事，有钱人家往往会包几场电影。那时学生们消息都很灵通，一旦村里有电影，那将是我们最快乐的日子，不管多远我们都要赶去，我们早早吃完午饭，然后成群结队地嘻嘻哈哈就出发了。我们常常跑十几里路去看电影。放电影的场地因地形而定，或在院坝里，或在刚刚收割完的稻田里，只要能拉上一块大大的白布就可以放映了。几乎每次放映场地都是人山人海。放映前，放映员先要对光，镜头要对准白布，调皮的孩子们就伸出手做出各种搞怪的动作，屏幕上就会出现各种造型，引得人们哄堂大笑。电影一开始，人们顿时鸦雀无声，伸长脖子，屏住呼吸，生怕漏过任何一个情节。一场电影通常要分四段放映，一段放映完，灯光大亮，放映员调换胶片，人群又开始叽叽喳喳，讨论电影里的情节。有几次去晚了，没有位置，我们就站在白布的反面看，虽然人是反的，但一点儿也不影响我们看电影的乐趣。

看完电影，人群四散，又成群结队回家，回头一望，满山都是火把的亮光和人们的说话声、唱歌声。有月光的夜晚，群山轮廓清晰可见，水田里的水晃着光，有不小心者一脚踩在水田里，顿时人们大笑不止。

后来，漩涡街上每天晚上也开始放映电影，那时区上没有电影院，是在区政府的大院里，也是露天电影，没有座位，但要收钱，电影票最初五分钱一张，后来一角一张。放电影的是两个男人，他们每次回家都要从村里路过，人们便讨好地打听新电影的消息，或给他们递烟，或请他们进屋喝茶。那时，好多人都羡慕他们，就连我的几个侄子，都希望长大后也能当个放映员呢。当时磨子沟的一帮姑娘小伙子们常常去镇上看电影，我偶尔也去看看，我的几个侄子便成了我的跟屁虫，一张电影票可以带一个一米二以下的小孩，每次我们就趁人多时进场，检票时他们就故意弯着腿，这样看起来就矮了一大截。

我的几个侄子，有的电影看了一遍还不过瘾，还要看第二遍、第三遍，比如《地雷战》《地道战》《少林寺》，等等。

有一次周末，我和王老师、林老师翻山去别的村庄看电影，人山人海，电影散场时我和林老师跟王老师走散了，走到山沟的一块儿苞谷地里时，突然冒出几个小混混，他们学着从电影里学来的台词，大声喊道："此树是我栽，此路是我开，要想此路过，留下买路钱。"他们看见了林老师，想过去调戏。我呵斥一声："你们想干啥？小小年纪不学好。"有一个我认出来了，是吴家的三娃子，他也认出我来了，他吹了一声口哨，他们一下钻进苞谷地里不见了。

我朝林老师走去："你没事吧？"

林老师手捂在胸口上说："吓死我了，我的心还在怦怦跳。"

"这帮兔崽子，不学好，回头我找他们大人说一下，再不教育他们一下,以后恐怕就扳不过来了,后悔都来不及了。"

"是啊,是该好好教育一下他们。"

月亮挂在山头,远处的山黑黝黝的,朦朦胧胧的,山沟里溪声潺潺,悦耳动听,不时夹杂着几声鸟叫,我们一前一后走在蜿蜒的山路上。林老师是个活泼的女孩子,跟她在一起,她的青春和天真感染着我,我仿佛一下也年轻了许多。

林老师说:"我好羡慕你和肖老师,夫唱妇随,夫妻恩爱。"

我笑着说:"你跟王老师,其实挺般配,要不要我给你们当媒人?"

林老师说:"谢谢刘老师,其实我有男朋友,他是我同学,他现在在县城一小教书。"

"哦!他怎么没来看你?"

"也许他忙呗!"

"看来你在这里是过渡的,说不定哪天,你会调到县城去的。"

"我男朋友的父亲是教育局的副局长,他说想办法也把我调到县城一小呢。"

"是吗?"我大吃一惊,我小瞧了林老师,她男朋友的父亲是教育局的副局长,以后学校有事说不定还要她来帮忙,此处一想,心里暗喜。

这时王老师气喘吁吁追了上来,我问他跑到哪去了,他说:"遇到一个学生的姐姐,跟她聊了一阵天,她喊我去她家玩,我看时间不早了,就说改天,然后就来追你们了。"

林老师笑着说:"说不定他姐姐看上你了呢!"

王老师不好意思地说:"不可能的事。"

学校虽然只有五个班,近两百个学生,但杂事多,每人负责一个班，同时兼任音乐、体育和美术老师。每天老师们都忙忙碌碌，日子过得也快，我真希望日子过得能再快一点，再过半年，肖云秀就毕业了，夫妻就可团圆了，我期待这天早点到来。

露天电影我看得少了，学校毕竟事多，我还要准备考试。别的村轮流开始放露天电影，磨子沟的人老朝别的村跑，感觉没面子，有人就找到黄牛，发了一通牢骚。黄牛当即拍板，邀请放映队到磨子沟放映电影。放映地点就定在磨子沟希望小学。

这一天，学生们放学后都舍不得回家，早早把教室里的凳子搬到了操场上占位置，摆得整整齐齐的。别的村都是站着看电影，而磨子沟都是坐着看电影，人们的脸上都洋溢着自豪和喜悦。全村出动，大哥大嫂二哥二嫂和母亲也来了，我专门给母亲留了靠前的一个好位子。这次放映的电影是《高山下的花环》，母亲边看边流泪，她一定想到了在对越自卫反击战中牺牲的六弟。电影演完后，我扶母亲起来时，发现母亲已哭成了泪人。母亲怕我看见她的泪水，掏出手帕擦干了泪水。

这一晚，我也失眠了，我想到了我的六弟，好好的一个人，说没就没了。六弟的音容笑貌，一举一动，在我眼前浮现。由六弟我又想到了四哥，要不是陈大头为了图表现，年少无知的四哥也不会死。最后我又想到了三爹，三爹死时七窍流血，我一直觉得三爹死得蹊跷，怀疑三爹是被人陷害的，但我一直没有证据，这事就不了了之。

第二天放学后，我独自去山坡，想去看看三爹他们。山坡上很静，小路崎岖，路两边开满了野花。地里的麦苗绿油油一片，山沟的桐子树开着好看的花朵。我刚踏上田埂，映入眼帘的便是那一大片一大片绿色的桑树，就像一顶顶绿色大伞一样罩在树干上。桑叶长得茂盛极了，桑叶绿得发亮，仿佛翡翠一般。一棵棵紫色的桑果躲在绿叶底下，我伸手摘了一粒黑紫色桑果放在嘴里，又酸又甜。顺着山沟旁的小路而上，来到了半山坡的一片树林，树林里杂草丛生，一座又一座的坟墓立在眼前。这是刘家的祖坟，刘家几代去世的人都埋在这里，好多坟，我都不认识，搞不清楚是谁的坟。突然坟地里传来了哭泣的声音，我屏住了呼吸，走了过去。我看见了一个熟悉的背影，那是母亲在六弟的坟头哭泣。母亲的旁边放着一个篮子，篮子里装满猪草，看来母亲是到坡上打猪草路过这里的。

　　母亲刚开始是嘤嘤地哭，最后变成了诉说，她在责备三爹不该早早走了，扔下她不管了，又叮嘱三爹在那边好好照顾四狗和六狗，特别是六狗的尸骨至今还埋在异乡，也不知道他的魂回来没？……母亲叨叨了半天，我看差不多了，喊了一声"妈"，走了过去。母亲吃了一惊，以为是四哥和六弟在喊她，见是我，问我怎么也来了，我说看了电影《高山下的花环》，就有点儿想念六弟他们了。母亲"哦"了一声，擦干了泪水。我在六弟、四哥和三爹的坟前转了一下，坟上已是杂草丛生，我把坟头的杂草清理了一下。母亲说，等手头宽裕了，得给你三爹他们立块碑，把坟头好好重新修建一下。去年清明，母亲提议把三爹他们的坟头重新修建一下，费用由大哥、二哥和我承担，我没意见，但大嫂和二嫂有意见，立碑修坟的事就搁浅下来了。那段时间不巧的是大嫂和二嫂在闹矛盾，两家人都不说话。事情的起因其实很简单，她们两人的孩子闹着玩打了起来，大嫂的儿子把二嫂的儿子头上打了一个包，二嫂就骂二哥，怂恿他为自己的儿子出气，二哥被二嫂骂晕了头，怒气冲冲要找大嫂讨公道，大嫂嘴不饶人，说活该，还骂了二哥几句，二哥一气之下扇了大嫂一巴掌。这一巴掌，让大嫂和二嫂见面谁也不理谁了，大哥和二哥也不来往了。两家大人不往来了，但孩子们依然在一起打得火热，早已忘了打架的事了。

我说："大哥和二哥不同意，费用我一人承担。"母亲说："这可不行，你媳妇能同意吗？你大哥和二哥又会怎么想？他们就会说你逞能、显摆，兄弟间关系搞僵了也不好。"想想，母亲说得也有道理，只好作罢。

我和母亲正要回去时，没想到二婶也来了，二婶也是昨晚看了电影，电影里的战斗情景，让她想到了二叔。二婶已白发苍苍了，她到坡上捡柴火，顺便路过这里，也是来看二叔的。二叔的坟紧挨着三爹的坟。二叔被抓壮丁走时，二婶才二十多岁。当二叔死亡的消息传到磨子沟时，有人劝她改嫁，二婶拒绝了，好不容易把一对儿女拉扯大，儿子娶了媳妇，女儿出嫁，不久又抱上孙子，转眼几十年就这样过去了，她把一生的心血都奉献在了儿女们的身上，二婶是我敬佩的人，是我尊敬的人。

我和二婶打了声招呼，母亲跟二婶闲聊了一会儿，我们就走了。母亲跟二婶走得近，都是苦命的女人，两人之间有很多共同的语言。我知道二婶有很多悄悄话要跟二叔说，这是二婶多年养成的习惯，家里有好事或不好的事，甚至连家里的猪生崽她都要给二叔汇报。

一路上，母亲都在跟我说大嫂和二嫂之间的破事，大姐和小妹跟婆婆之间的矛盾，我默默听着，母亲和二婶一样，她们需要倾诉，相反的是我感到了愧疚。分家后，大哥和二哥各过各的日子，我把心思全放到学校上去了，我陪伴母亲的日子太少了。

回到学校，我有点口渴，拿起暖瓶倒水，暖瓶是空的。我看见林老师屋里有灯光，我端着杯子去敲门，她打开门，我问："有开水吗？"她笑着说："有啊，请进来！"她给我杯子里倒水，我看见她桌子上摆着一本《青春之歌》，这本书突然让我想到了张曼茹，自她离开磨子沟后我们就失去了联系，前些日子，磨子沟吴家四娃子老婆生孩子，大出血，区上医院把她拉到县医院抢救，有人在县医院里看见了她，听说她现在是妇产科的主任了。其实我的内心里一直憎恨她和陈大头，是她破灭了我心中美好的希望，是他让我痛不欲生。如今实行生产责任制之后，各过各的日子，人们不再看陈大头的脸色了，他偶尔回到磨子沟，人们对他也是不冷不热的，他心里倍感失落。我拿起桌上的书翻了翻，林老师说："这本书，我刚看完，写得很好，你要不要借去看看？"我说："好啊。"拿着这本书我回到了宿舍，又翻开看了看，这本书其实我已看了三遍，如今再翻看，眼前出现的却是张曼茹的笑容和悲痛的往事，这些年来，我一直把张曼茹埋藏在内心的深处，不愿再去提及，总是这样安慰自己，我和她不过是彼此生命的过客而已，注定了没有结果。

这本书我很快又从头到尾看了一遍。几天后的一个晚上，我去林老师的宿舍还书，推开门的瞬间我闻到了满屋的酒味，她正趴在桌子上哭泣。我大吃一惊，林老师从不喝酒，她一定遇到了什么伤心的事，我问她怎么了，她指了指桌子上的信说："男朋友跟我分手了，下个月他就要结婚了，女友是财政局局长的女儿。"我明白了，什么都明白了，怪不得她的男朋友从来没有来学校看过她。我想安慰她几句，一时找不到话语。林老师接着说："其实我也有预感，他家庭条件好，又是城里人，而我是山里人，家里条件差，没关系没背景。"我说："天下好男人多得是，想开点。"

她扑在我怀里呜呜哭了，我一时不知道该怎么办好。她说："刘老师，其实我喜欢你，一直不敢说。"我知道她喝醉了，想把她扶到床上让她休息，这时王老师推门进来了，他说："我什么都没看到，你们继续！"说完转身走了。那一刻我很尴尬，后来我想跟王老师解释一下，但他见了我总是低着头，不愿跟我多说话。

后来的日子，我整天待在宿舍里复习功课。

眼看就要考试了，区教育组的组长在黄万鹏和另一个区长的陪同下来我们学校考察，后来我才知道黄万鹏将要调到县上去了，那个区长就是郝红妍的爱人，他可能要接替黄万鹏。教育组的组长向我宣布了一项命令，我被正式任命为磨子沟希望小学的校长，他们都鼓励我好好干，希望先不要去考试，学校离不开我，一切等我爱人肖老师回来再说，以后有的是机会。

为了学校，为了不辜负他们的希望，我只好放弃了去进修的机会。

十

山里雨多，一下就是绵绵阴雨。

还有几天，吴玉兰就要去县城参加中考了。那时农村的孩子考中专中师是走出农村的唯一出路，但这又不是人人都有机会去考的，比如南山的漩涡区和汉阳区，两个区有两百多名初中毕业生，而预选名额只有二十八个，首先要经过考试抢夺预选名额，只有拿到了预选名额才有机会去县城参加统一组织的中考。而全县每年考上中专中师的还不到三十人，可想而知，考中专中师竞争是多么激烈。

考前，我和肖云秀找吴玉兰谈了谈，让她放下包袱，去拼一下，凭她的成绩，别说安康师范学校，就是西安和外省的学校应该都没有问题。她走时，我还塞给了她五十元钱和一些干粮，让她在县城想吃什么就买点什么。带队的老师我认识，我让他路上照顾一下吴玉兰，他满口答应了。漩涡通往县城的公路凤凰山一段塌方了，山高路险，三天一次的班车也停运了。汉江暴涨，坐船从石泉绕道，也不安全，万一出事谁也承担不起责任。最后教育组和学校经过研究，决定采用步行，翻越凤凰山去县城。从漩涡到县城一百里路，光这凤凰山一上一下就是六十里，我真担心这帮十五六岁的孩子能受得了长途跋涉的艰难不。

我的担心是多余了，这帮孩子穿着雨衣，天没亮就出发了，他们一路上很兴奋，他们大多还没去过县城，浑身有使不完的力气，结果带队的老师被远远扔在后面，不停地喊他们等等他。

这次中考，吴玉兰说她自己考得还可以，我也放了心，接下来就是等待成绩了。

发榜时间终于到了，那天吴玉兰兴冲冲去了学校查成绩，结果回来后闷闷不乐。从她脸上我已知道了答案，我想问她考了多少分，看她痛苦的样子，也就不好再问了。我说："要不补习一年，上高中，再去考大学。"吴玉兰终于没忍住，大哭起来，她说不想上学了。这些年来，我一直帮助她上学，学习费用都是我为她出的，她感觉对不起我，不想再连累我。如果再补习一年，高中三年，加起来四年下来又要花不少钱，如果再考不上大学，又该怎么办？何况当时考大学几乎就是天方夜谭，全县每年考上大学的人寥寥无几。

坏事一桩接着一桩，吴玉兰的二叔生病去世了，她的精神彻底崩溃了，这个家庭只剩下她一个人了，一个年仅十六岁的孩子，稚嫩的肩膀如何扛起这个家？如何去面对今后的人生？

处理完她二叔的后事，我和妻子决定找吴玉兰好好谈谈，如果她愿意上学，我们可以继续支持她，甚至一直到她大学毕业。吴玉兰是个倔强的孩子，等我们去找她时，她已离开了磨子沟，不知去了哪里。后来，听她吴家的叔说，吴玉兰去了西安，投靠一位远房的亲戚，当保姆，照顾一位老太太。

不久，我去漩涡中学办事，顺便打听吴玉兰的成绩，一位老师说她考得不理想，但找不到吴玉兰的成绩了，不巧的是连她的档案学籍也一同丢失了。当时我也没有多想，为她惋惜不已，学习这么好的一个孩子，怎么就发挥失常了呢？

倔强的吴玉兰离开磨子沟后，再也没回来，仿佛消失了一样。

磨子沟每天都有新鲜事发生，人们很快就忘了吴玉兰。

林老师和王老师也离开了磨子沟希望小学，他们去了漩涡小学。刚毕业的老师都不愿来这个学校，嫌这里条件差，交通不便，学校只好在当地招了两位民办教师，磨子沟希望小学的老师除了我妻子，其他全是磨子沟的本地人了。

谁也没想到的是陈大头出事了，这件事发生得太突然了，让我始料未及。以前我写匿名信告陈大头，却怎么也告不倒他，如今他终于遭到应有的惩罚了。

那天，我亲眼看到了陈大头被押上警车的情景。我从学校回到老屋，吃完饭抱着女儿在村里闲逛。陈大头平时很少回家的，整天待在乡政府里，碰巧的是那天他回来了，警车呜啦呜啦停在他家门口。好多人没见过警车，好奇地围了上去。女儿看见闪闪的警车，也要过去看热闹。

陈大头戴着手铐，低着头，被推进警车。王婶哭哭啼啼追了出来，警车扬起尘土走了。王婶扑倒在地上，说："我不活了。"好多人心里很得意，假装过去安慰："王婶，到底怎么回事啊？"王婶说："这个短命的，我哪晓得啊，警察上来二话不说就把他抓走了。"

我想警察为何要抓陈大头，王婶心里最清楚，她不便说而已。后来我明白了，陈大头栽在了一个叫"小狐狸"的女人身上，这种事说出去，王婶感觉很丢人，只好装糊涂而已。

黑牛出狱了。

他大摆筵席，那天刚好是周末，我也去了，黑牛身材魁梧，脸很黑，他见了我拥抱了一下，我说："恭喜你出来了，没想到你长胖了。"黑牛嘿嘿一笑说："我表现好啊，脏活累活抢着干，狱警很照顾我，所以我能从无期改为有期，又减刑，所以蹲了几年就出来了。"

大家都来向黑牛敬酒，黑牛端起酒杯说："感谢大家这些年对我爹娘的照顾。"大家微微一笑，以为他还不知道陈大头的事。黑牛一口干了，抹了抹嘴说："那个'小狐狸'，让我逮住了，我要剥了她的皮。"原来黑牛什么都知道了。王婶过来劝阻儿子黑牛不要说了，"小狐狸"是她心里的一道坎，她不想再提起，不想人们看她的笑话。

沉默寡言的二哥站了起来，也向黑牛敬酒。黑牛拍了拍二哥的肩膀说："以后需要兄弟帮忙的，尽管开口，兄弟一定赴汤蹈火，在所不辞。"

二哥憨厚地笑了。

大家默默地喝酒。

二哥喝多了，出门上厕所，看见一个女子从门前路过，二哥揉了揉眼睛，他大吃一惊。这个女子叫孙水秀，住在漩涡街上头的一个山坳里，二哥曾跟她好过，要不是当初换亲，大姐嫁给那个瘸子，瘸子的两个妹妹同时嫁给我的大哥和二哥，二哥可能就跟孙水秀结婚了。二哥感动的是，这么多年来孙水秀一直没有嫁人，同时他心里也充满了愧疚。二哥就邀请孙水秀进屋喝酒，她不好意思进去，她知道这不是二哥的家。刚好黑牛出来，嘴上叼着烟，他认得孙水秀，热情地喊道："大妹子，进屋喝两杯！"孙水秀说："刚好路过这里，我还有事，下次吧。"黑牛绷着脸说："今天我刚出来，是我大喜的日子，不给我面子？"孙水秀无奈，只好进屋。屋里已喝倒了几个，有的已趴到桌子下去了。磨子沟不仅男人能喝酒，女人也能喝。

酒是农家人自己酿的苞谷酒，他们大碗喝酒，大口吃肉，说话大大咧咧，喝酒划拳的时候，嗓子扯到紫天云里去了。吹牛的时候，胸脯拍得山响，比真牛还"牛"。黑牛想把孙水秀灌倒，没想到她也不示弱，两人拼起了酒。黑牛喝多了，他的人品不敢恭维，酒品也好不到哪去，他歪着身子伸手想占孙水秀的便宜，孙水秀一巴掌打在黑牛的脸上。众人一愣，黑牛一愣。黑牛指着孙水秀说："你敢打老子。"孙水秀说："你敢？！"黑牛冲上去想动手打孙水秀，人们拦住了他，二哥趁机拽着她走了。

二哥和孙水秀都喝高了，二哥扶着她回家。他们搂在一起，步子蹒跚，左一晃右一晃，引来路人指指点点。

这种事，女人们喜欢饭后津津乐道，二嫂自然很快就知道了，她揪住二哥的耳朵，质问他们钻到苞谷地里干吗，质问他为何最近经常去漩涡街，如不老实交代，这日子就没法过了。二哥好不容易把二嫂激动的心安抚下去，没想到却遇到了更大的麻烦，天大的麻烦！

孙水秀失踪了，不知道去了哪里。

孙水秀的爹带着一帮人来问二哥要人，要二哥把她交出来。二哥说："腿长在她脚上，我怎么知道她去了哪里？"孙家有人说他们前几天看见二哥和孙水秀在苞谷地里卿卿我我、搂搂抱抱，还有人说他们昨天看见二哥和孙水秀不知为何在苞谷地里打了起来，如今孙水秀突然没见了，她爹就怀疑是二哥把他女儿拐卖了，逼二哥交出人来。

二哥死活不承认，质问他们是听谁说的。二嫂也站在二哥的立场上说："他这几天整天跟我在一起，他哪有时间去鬼混？"孙家人在漩涡街上是大家族，他们一向很强势，有一个人抓住二哥的衣服领子，想打二哥。大哥立即阻止，赔上笑脸："别急，别急，说不定她走亲戚去了或者跟朋友出门去玩，过几天就回来了呢。"孙水秀的大哥说："好，我们先回去，如果我妹子再不回来，我跟你们没完。"

一个月后，孙水秀还是没回来。

孙家有人就开始怀疑，孙水秀被我二哥杀了，扔进了汉江里喂鱼了，或者挖了一个坑埋了。孙家又带了一帮人来到磨子沟要人，这次气势汹汹，有的还带着刀子，看来是要打架的架势。

我看情况不妙，报了警。好在警察及时赶来，劝阻了这场可能会爆发的争斗。

不久，人们在山坳的草丛里发现了一具尸体。尸体已高度腐烂，面目全非，警察认定这是一具女尸，身高在一米六左右。孙家人一口咬定死者就是孙水秀。这样，二哥就成了第一杀人嫌疑犯，不久即被汉阴县公安机关抓捕。

记得那一天，下着小雨，警车在崎岖的山路上鸣叫着，拐进了磨子沟。二哥也知道了无名女尸的事，母亲对二哥说："你快走吧，可能公安是来抓你的。"二哥说："我又没杀人，干吗要走？"母亲说："孙家人一口咬定死者就是你杀的，你实话告诉娘，你到底杀人没？"二哥气得说不出话来，他跺了一下脚说："娘，我再说一遍，我没有杀人，我没有杀人！我杀她干吗？"

四辆警车一前一后停在老屋的门前，持枪的警察和武警从车上跳了下来，包围了老屋。他们果然是冲着二哥来的，现在就是想跑，就算从后门跑也来不及了，后门也站了两个警察。村民哪见过这种场面，只是在电影里见过，人们围了一圈又一圈。母亲拦住朝屋里冲的警察说："你们想干吗？你们凭什么抓人，你们又没有看到死者的真容，你们凭什么认定她就是孙水秀？"一个胖胖的警察估计是领头的，冲进屋里，给二哥戴上手铐，二哥说："我是冤枉的，我没有杀人。"胖警察把二哥朝车上推，母亲也冲了出来，胖警察立即上了车，另外几个警察把二哥推上了另一辆车。

警车呜呜地走了，老远还能听到二哥撕心裂肺地喊叫："我没有杀人，我是冤枉的！"

母亲立即召集刘家人，商量解救二哥的办法。大家都沉默着，你望我，我望你，没人开口。母亲说："他大伯，你就说几句吧。"大伯叹了一口气说："民不与富斗，富不与官争。自古杀人偿命，看来这次谁也救不了他了。"

母亲说:"我相信我的儿子,他一个憨厚老实的人,怎么会去杀人呢?平常我让他杀鸡,他都不敢杀。"我说:"我也相信二哥是冤枉的。"大伯说:"要不你们进城去找找三狗,看他有没有什么办法,或者打听点什么。"母亲说:"也只能这样了。"

第二天,母亲和大哥进城了。

他们头天去的,第二天一早就回来了。母亲回来后,好像生病了,躺在床上唉声叹气。我问大哥情况怎么样,大哥说三哥也没办法。

二嫂哇的一声哭了。

母亲不甘心,让我写好状子,让大哥学古人去县衙告状。大哥只好去了县城上访,汉阴法院一审判处二哥死刑,二哥提出上诉。省高院撤销一审判决,以事实不清、证据不足为由发回重审。

母亲从这裁定中看到了希望,甚至想到了二哥会平安地回来了,她相信政府相信党,迟早会给二哥一个公道的。

母亲来到了学校找我,母亲坚信二哥没杀人,她甚至预感那个孙水秀还活着,她让我写材料和寻找孙水秀的寻人启事。我和妻子白天上课,晚上就写材料,没日没夜地写了一个礼拜,母亲抱着厚厚一堆材料高兴地走了,母亲走时我偷偷塞给了她一百元,我知道母亲要去县城递材料。

母亲开始在漩涡街上四处张贴寻找孙水秀的寻人启事,贴完寻人启事,母亲坐班车来到了县城。母亲直奔三哥的家,三嫂对母亲很冷淡,三嫂对农村的亲戚都很冷淡,她常常以自己是城里人自居。三哥也劝母亲不要上访了,母亲听了很生气,站起来就走了,三哥追了出去挽留母亲,母亲执意要去住旅社。三哥苦苦哀求,母亲才留了下来。

十一

　　学校放寒假了，寒冷也开始在磨子沟里蔓延。

　　山里的冬天万木凋零向霜雪，满地都是厚厚的落叶，干冷干冷的，人们取暖就是烧柴火或者烧石炭。贪玩而不爱干活，是孩子们的天性。在村里经常看到一群孩子在嬉耍，他们在玩一种叫"挤矮子"的小游戏。十几个穿着厚厚棉袄的孩子，紧贴着墙根站成一排，从后面发力使劲往前挤，嘴里还高唱着儿歌，队中若有人被挤出，则自动续在后头继续挤别人，如此循环往复，玩得不亦乐乎。用不了多久，大家的身上就会冒出汗来，那冷冷的寒意就被赶到九霄云外去了。这个游戏是山里小伙伴冬日独有的，因为在其他季节无须以此取暖。他们除了玩"挤矮子"，还玩"斗鸡"，双手把一条腿盘起来，另一只脚如金鸡独立，两人气势汹汹决斗时小朋友们围成一圈为他们加油，败者自动退出，胜者接受下一位挑战者，最后的胜者才是擂主，谁当了擂主就无比自豪，人们对他自然也刮目相看。看着他们玩得如此开心，我也想到自己小时候跟他们一样玩这些游戏，想着想着就笑了。

　　我和母亲在铡苞谷秆，母亲已扎好了一个长方形的篱笆，我们把铡成的一尺长的苞谷秆扔在长方形的篱笆里，女儿在苞谷秆堆里跳跃，她把这当成了蹦蹦床。母亲是在培育薯苗，这是我家年年都要做的一件事。其实这个很简单，把苞谷秆在篱笆里铺好后，在苞谷秆上铺上一层厚厚的土粪，把薯种整整齐齐摆好，然后再在上面盖上土，浇上茅房里的粪水，开春后它就会长出薯苗。

看着女儿跳得如此高兴，我又想到我的童年，小时候我们把这蹦蹦床当成擂台，谁被打出篱笆外就算输了，我们乐此不疲，谁要成了擂主，他可就是我们心目中的英雄了，以后就没人敢惹他了。冬季里我的手和脚老长冻疮，母亲常常为我和妹妹准备火盆或烘笼子，农村的孩子上学几乎人人都提火盆或烘笼子，每天早晨提着它们去学校，成了山里一道独特的风景。特别是提火盆的学生，路上还可捡点木柴什么的，单手把火盆抡得呼呼转，转眼就成了一条火龙。有转得慢者，就落一身灰，或者燃烧的木柴落在衣服上，引来我们哈哈大笑。但冬日下薯窖帮助大人储藏红薯却是我非常乐意干的一件事。我家的薯窖就在三爹的睡房旁，平常有木板盖着。我家的红薯堆得满地都是，除了留着打薯粉和喂猪外，还得准备一些开春用来培育红薯苗。母亲先把木梯子放在薯窖里，我提着一盏煤油灯顺着木梯子下去。薯窖空间小，我下去后梯子就被抽了上去，然后母亲和姑姑就把装着红薯的箩筐用绳子放下来，我再把红薯整整齐齐摆在地窖里。薯窖里很暖和，常常还舍不得上来，结果总是被大人呵斥，我只好坐在箩筐里被拉了上来。

"你在想什么呢？"母亲看我发呆，问道。

我说："看到我的女儿，我想到我的小时候。"

妻子走了过来说："把你小时候的故事讲给我听听。"

母亲就把我小时候调皮的事讲了出来，妻子哈哈笑了。我让妻子讲讲她小时候的故事，她说她从小便生活在橡胶园里，父母都是橡胶工人，整天都是跟橡胶打交道，也没啥可讲的。妻子突然伤感起来，我知道她想家了，我不该提这个问题，我转移话题说："快要过年了，我明天去山上捡柴，你去不去？"磨子沟的树在大炼钢铁时全部砍光了，要捡柴就要去汉江对面很远的山上，山路崎岖，路途遥远。那时，磨子沟家家户户都要准备一堆柴火，看谁家年过得好不好，只要看一看他家的柴火就知道了。山里人的共识，炭炉子上做的饭没有用柴火烧出的饭好吃。家里来了客人，用柴火煮肉，满锅翻腾，那香味四处漫溢，特别是炒菜，风一吹，那香味在山村上空飘荡，勾引出人们不少口水来，那种香味至今还留在记忆里。

母亲说："要去你就去，去山上捡柴太苦了。"

妻子笑着说："我去，我还没捡过柴。"

吃完饭，天就黑了，母亲点燃煤油灯，跳跃的灯火忽明忽暗。家里的煤油灯大多是母亲制作的，其实煤油灯制作很简单，我每次用完的墨水瓶是母亲的宝贝，她把瓶盖子钻个孔，找点薄铁皮或牙膏皮卷个比铅笔略细一点儿的小管子，然后用棉线搓一个灯捻子，穿过小管子，再将小管子穿过瓶盖的小孔，往瓶子里倒上一些煤油，一个油灯就大功告成了。如想节省油，用小剪刀将外露的捻子剪去一些便可，如想让油灯再亮一些，可以用大针将捻子往上挑一挑。

那时候的农村，春夏秋季一到晚上，大人们就坐在院坝里或村头的古树下拉家常，或在明月下干活，比如剁猪草或几人围在一起剥苞谷等等，聊一会儿就陆续回家睡觉去了。冬天，人们就窝在土屋烤火，东拉西扯地聊天，有的家里为了省油就不点灯。乡村的人们就这样度过了一个又一个的夜晚，日复一日，年复一年。春夏秋的夜晚，更是孩子们的乐园，村里的孩子们聚在一起玩老鹰捉小鸡、捉迷藏、打仗等游戏，或者捉萤火虫和蟋蟀，特别是有月亮的晚上,他们常常玩很晚才回家,几乎天天如此,乐此不疲。

妻子是南方人,寒冷对她来说是难熬的。我们围在炭炉子烤了一会儿火,聊了一下家长里短,女儿早早睡了,我们也跟着睡了。

天一亮,我们带着干粮去捡柴,先要坐渡船去江的对面,江水碧绿碧绿,清澈见底,妻子非常高兴,她不顾江水的寒冷,伸出手划动水面,甚至双手捧起水喝一口,江水有股甜甜的味道。下船后,我们就踩着羊肠小道翻山越岭,妻子一路上很兴奋,不停地问这问那,像个孩子一样。站在山顶回头一望,群山云雾缭绕,弯弯的汉江若隐若现,面对此情此景,我忍不住放开喉咙大叫几声。到了坡上杂树林,我们立即哑然无语,我们是偷偷去砍人家柴火的。那时的坡地都承包到户了,坡上杂树就是他们专享的柴火。我们专找花栎树砍,这种树好烧又耐火。有时被人看到了,他们就要没收我们的砍刀。尽管这样,磨子沟里的人依然每次去砍柴,从不空手而归,一个冬季下来,院子里堆满了柴火。

砍了几棵花栎树,我们吃了一点干粮,然后扛着柴火下山。这个冬天,院子里堆满了柴火,看着这些柴火,我们感觉到了年的临近。

寒冷迫使磨子沟的人们暂时放下了手中的农活,在忙碌的生活中有了难得的清闲,而我的女儿在冬季里最盼望的就是下一场大雪。盼啊等啊,大雪终于来了,在她睡着时悄然而至,第二天睁开眼一看,满山一片白,门前的树枝被压断,竹园顿时变成了冰雕的世界。我们手舞足蹈,冲进雪地里堆雪人打雪仗,或者钻进竹林里,等人靠近,猛地一摇,转身闪开,大雪铺天盖地,看着那人被大雪砸中变成雪人，我们哈哈大笑。

过完小年，母亲就准备着杀猪。看着用我们捡的柴火烧着大铁锅里的水，我们心里非常有成就感。每年杀猪，母亲不仅要用猪血做一大盆血豆腐，还要砍下一大块肉给我们开开荤，我们个个都像"梁山好汉"，大口大口吃肉，一两指宽的肥肉我们也吃得津津有味，那种香味仿佛至今还留在唇齿间。

临近春节，杀鸡、煮肉、剁饺子馅，家家的厨房里都是一片忙碌的景象，整个山村都弥漫着肉香和酒香。等到除夕，最丰盛最长久最期待的盛宴就在鞭炮声中拉开大幕，人们开始了一年中肉肥酒美的狂吃狂喝，说得夸张一点，连大人孩子嘴里哈出的热气都带着油花味儿。

正月初一，我们开始走亲戚。母亲要回娘家，我带着妻子和女儿一块去了，妻子牵着女儿，我提着礼物，几斤挂面，十个炕炕馍，一包点心，那时走亲戚最少都要四样礼物，当然没有礼物的，也可送苞谷小麦什么的，总之不能空手去。走到村口，一大群乡亲围坐在一起，一杯茶，一支烟，欢声笑语地在侃大山，场面很热闹。劁猪匠见了我们，问道："走亲戚呢？"母亲笑着说："走亲戚！你们怎么不走亲戚？"劁猪匠说："我女下午就回来了，走不开呢。"

出了村口，我们沿着江边行走，江水碧绿碧绿，一浪又一浪地朝我们涌来，拍打着脚下的崖石，哗哗作响。路上不时遇到提着大包小包走亲戚的人们，遇见熟人，母亲还要跟他们闲聊一会儿。

沿着江边行走还要跨过两条小河，小河上有跳石，河水清澈。乱石丛林中的那个小湖泊还在，湖中的小岛也在，湖水依然还是那么碧绿碧绿。穿过漩涡街，然后顺着山坳爬山，一会就来到了外公家。外公虽然早就不在了，但我一直叫外公家。还没进入院子，一只大黑狗朝我们叫了起来，女儿吓得直朝我怀里钻。大舅走了出来，见是我们就对着大黑狗呵斥了一声，大黑狗乖乖停止了叫，开始摇摆着尾巴，目光也和善了。

大舅母、二舅、二舅母听到声音也从屋里走了出来，招呼着我们进屋。屋是土墙房子，墙壁被柴火熏得很黑，地炉子火很旺。大舅母和二舅母拿出好吃的东西招待我的妻子和孩子，有爆米花、花生、南瓜米、苕糖等等，然后拉着我妻子的手问长问短。院子里小伙伴很多，女儿刘肖雨跟他们出去玩去了，大人们围在炉子前开始话家常。

大舅母说了一会儿话，就去厨房忙去了。一会儿她端出几碗甜酒，甜酒里有汤圆和鸡蛋花。甜酒是大舅母用酒米自己烤的。这是好客的山里人招待客人的一种方式，不要让客人饿着，提前让大家肚子预热一下垫垫底。

喝完甜酒，大舅母又去厨房忙去了。去年冬月，大舅母家杀了一头大肥猪，她在案板上高兴地切肉，表妹在帮忙打下手。大舅母烧得一手好菜，我妻子第一次登门，看来她要露一手。二舅母也过来帮忙，我妻子也要过来帮忙，大舅母立即说，不用了，你在屋里烤火，免得把衣服弄脏了。母亲也赶到厨房来了，厨房顿时成了女人的乐园，大家你一句我一句聊着家常。

饭菜很快做好了，很丰盛，木耳炒鸡肉、双干炒腊肉、腊肉红薯粉条、酸辣茴香小鱼、酸辣肘子、野鲶鱼炖豆腐、卤猪肝、莲藕炖排骨、梅菜扣肉、粉蒸肉、蒸酥肉……母亲看着桌子上的满盘满碗，突然哭了。我问母亲怎么了，母亲说："感谢政府感谢党,现在日子好过了,我想到我爹和娃他爹,他们要是活在现在就好了。"大舅立即责备自己:"怪我怪我。"大舅腾出了几个位子,摆上酒杯筷子,倒上酒,然后郑重地说:"请爹娘小弟姐夫回来吃饭。"母亲也说了一声:"娃他爹,回来吃饭。"母亲说完叹了一口气说:"也不知道二狗现在怎么样了?"大舅说:"二狗不会有事的。"顿了顿,大舅接着说:"要是小妹过年回来就好了。"大舅说的小妹就是我的小姨,小姨远嫁到河北了,据说日子过得也不太如意,大老远回来一次也不容易。说起小姨,母亲又开始唠叨,小姨高中毕业,又是校篮球队的,当时多少人追她,有个同学当兵去了部队,后来升了官,他经常给小姨写信、邮寄东西和寄钱,小姨硬是拒绝了这位军官,把东西和钱退了回去。如果小姨答应人家,现在过的将是另一种让人羡慕的生活。后来有人给小姨又介绍了几个对象,小姨都没看上,其中一个在县城,当时很穷,住的土墙破房子,如今人家修了五层洋楼,一楼办的是商店,还在城里开了一家超市。母亲把这一切都归结于命,说小姨的命不好。

二舅说:"今天是个好日子,别说这些不高兴的事,菜都快凉了,大家动筷子吧!"

大家先举起杯,喝了一口,然后开始吃菜。母亲把酒倒在地上,她这是敬那些死去的亲人。酒是苞谷酒,大舅自己烤的,鸡猪是自己喂的,菜是自己种的,按现在时髦的话说就是全是绿色食品。妻子品尝了一下,赞不绝口,说要拜大舅母为师,大舅母脸上乐开了花。妻子似乎对这些大鱼大肉不太感兴趣,对橡子凉粉却很有兴趣,这是大舅母在山上捡的橡子,用橡子磨的凉粉,这盘菜被妻子独占了,她以前可没吃过。好客的大舅母见妻子只吃素菜，她夹了一块条子肉放在了妻子的碗里，这块条子肉一拃长、两指宽，妻子看了直摇头，我说："你尝尝，肥而不腻，入口即化，很好吃。"妻子硬着头皮尝了一口，笑了："不错，好吃。"

狗趴在桌子下，津津有味地啃着我们扔下的骨头。有几只鸡也跑过来凑热闹，啄着小孩子们撒在地上的米饭，狗似乎有点儿不高兴，鸡不该抢占它的地盘，它把它们撵到院子里去了。

吃完饭，母亲领着我们来到外公外婆的坟前烧了纸，外公在我的心目中一直是个英雄，是我崇拜的偶像，我跪下磕了一个响头。站在坟前，整个漩涡街和汉江都清晰可见，汉江弯弯曲曲，夕阳把江面映得通红，连绵的群山在落日的映衬下金碧辉煌。

回到屋里时，天已黑了，屋里已亮起了煤油灯，大舅把灯捻子挑大了一些，屋里顿时亮堂了许多。隔壁邻舍也赶了过来聊家常，其实他们是来看肖云秀的，他们都知道我娶了一个南方漂亮姑娘。大家围在炉子前又开始侃大山，小孩们玩累了早早就睡了，大人们东扯一句西扯一句，一下扯到了半夜才各自回家睡觉。

第二天，我们吃了中午饭准备回家，大舅母和二舅母再三挽留，母亲执意要走，她说我大姐小妹下午要来，她要赶回去做饭。

我们回到家时，大姐一家和小妹一家也赶来了，小孩们都穿着新衣新布鞋，吵闹得把屋顶都要掀了起来，我让他们去院子里玩，大人们要说说话。大姐看上去苍老了许多，整天在地里劳动，皮肤黝黑，大姐夫腿有点瘸，嘴能说会道。我问大姐家里情况，大姐说她种小菜卖，姐夫承包了一个鱼塘，三个孩子也大了，日子过得还可以。小妹心直口快说小妹夫好吃懒做，游手好闲，还喜欢打牌。小妹夫却笑呵呵地说："你放心，我迟早会让你过上好日子的。"小妹呸了一声："等你？黄花菜都凉了。"

这时七弟一家人也来了，七弟过继给黄舅公，改姓黄了。我招呼七弟和弟媳入座，问黄舅公和舅婆为何没来，七弟说爹最近身体不好，娘要留下来照顾，然后我把妻子肖云秀介绍给了七弟和弟媳。七弟常年待在深山沟里，人憨厚老实，见了我妻子他嘿嘿笑了笑，不知道说什么好。母亲抓住七弟粗糙的手，七弟常年在地里坡上劳动，手上皲裂了很多口子，母亲泪水一下流了出来。当年她把年幼的七弟过继给黄舅公，心里一直充满着愧疚，她想弥补，却没有办法和能力去弥补。

　　今天真是一个好日子，太阳也出来赶热闹，一大家人难得聚在一起，何况来了这么多人。唯独就是少了二哥和三哥，二哥进监狱后，我一直也不明白，二嫂这么一个能干的女人竟然会抛弃孩子和这个家。二嫂走后，这个家顿时不像一个家了，鸡在屋里大摇大摆，屋里到处都是鸡屎，侄儿们也懒得清扫。连老鼠都看出了这个家的衰败，大白天它们都在屋里上蹿下跳。三哥呢，用母亲的话说，娶了城里媳妇忘了娘，自他结婚后没回来过个年，平常也几乎不回来。

　　吃饭的问题，母亲跟大嫂已商量好了，今天的下午饭由大嫂负责，明天的中午饭由母亲和我负责。大嫂在厨房里忙得热火朝天，大姐和小妹也过来帮忙，男人们则聚在一起聊天，甚至扯起了国家大事天下大事。孩子们在玩游戏，有的在放鞭炮，他们口袋里装满了那些过年时没有放响的炮，大胆者手拿一根点燃的香，点燃手中的炮，扔到空中，啪的一声爆炸了。他们不满足于扔到空中爆炸，他们开始朝水里扔鞭炮，这是个技术活，有点儿难度，如果扔慢了就要炸到自己的手，扔早了落到水中捻子打湿了炮就不响，要恰到好处，炮在接触水的那一瞬间就要爆炸，当水被炸了起来时，他们就开始哈哈大笑。

大嫂弄了八个凉菜，十个热菜，喝的也是自己烤的苞谷酒。大哥跟两个妹夫喝酒划拳，喊声很大，在外边都能听见。两个妹夫都喝醉了。大哥很高兴，磨子沟的人好客，客人吃好了喝好了，主人才高兴。把客人灌醉了，主人才更高兴。吃完饭，母亲就开始准备第二天的菜了，猪头、猪肉、猪肝、猪肚子、猪肠子、猪心、鸡肉、鱼都已提前准备好了，莲藕、芹菜、萝卜、葱姜蒜等等也提前准备好了。妻子帮母亲剁猪蹄子，猪蹄炖莲藕是家家必备的一道菜。母亲在炕蛋饺子，肉馅是纯瘦肉，包好的蛋饺子在蒸笼里一蒸就好，这可是母亲的拿手菜，每次端上桌，就被一扫而光。母亲和妻子一直忙到半夜才睡。

第二天，母亲和妻子又早早起床了。因为吃了中午饭，七弟要回去，他担心黄舅公的身体。中午饭很丰盛，十个凉菜，十六个热菜。吃完饭，七弟一家走了，母亲依依不舍，说过几天要去看他爹娘。分别时母亲还给两个孩子一人塞了一个红包。大姐和小妹也要回家，母亲给几个孩子又发了红包，妻子见了也给几个孩子发了红包。大姐和小妹又给我孩子发红包，妻子不要，红包推过来推过去，像打架一样。大姐说："我知道你是教师，有工资，你可不要伤了我们的脸。"大姐这样说，我就让妻子收了红包。最后大姐小妹她们邀请母亲和我妻子跟她们一块去。母亲说："剩了这么多菜，不吃多浪费啊！"小妹说："现在日子好了，不愁吃不愁穿，浪费一点怕啥？"母亲说："圈里还有猪，还有几只鸡怎么办？"小妹说："让大嫂照顾几天不就行了。"母亲执意后天去，南山的规矩，过年你走了我家，我还要回礼去你家。大姐说："那就说好了，后天在我家吃中午饭，让五弟带着媳妇一块来。"

后天一大早，大姐让她的大儿子来接我们了，我们只好跟着母亲去了大姐家。大姐的公公婆婆对我们很好，无意提到二嫂，大姐的公公气得不得了，大骂这个不孝的女儿，偷偷跑了，也不给家来一封信。为这事，他的脸都丢完了，还说回来了要好好收拾她。大嫂和二嫂是亲姊妹，两人性格截然不同，大嫂一看就是过日子的人，二嫂虽然长得好，但虚荣心强，喜欢攀比，她的出走让我们都没想到，简直太突然了。我怕他们从二嫂身上又扯到二哥身上，担心母亲听了更加伤心，我就转移话题，说坡上的庄稼如何如何……

　　在大姐家玩了一天，然后去小妹家，去七弟家。七弟住在深山沟里，我们站在河边呼喊着七弟的名字，喊了好半天，才有应答声，七弟驾着自家的小渔船把我们接了过去，然后顺着山沟的羊肠小道来到了七弟家。

　　黄舅公和舅婆见了我们庞大的队伍，非常高兴，招呼我们在火炉屋里坐。火炉屋里烧的是木材，上面挂着一个吊壶，壶嘴吐着白气，好长好长。弟媳取下吊壶给我们倒茶水，然后忙着杀鸡煮腊肉，一会儿院子里就飘荡起肉香。七弟弄有鱼塘，他去捞鱼去了。女儿跟小伙伴在外边树林里玩耍去了。

　　舅婆在灶房里焖鸡，她看见我过来了，非常高兴地跟我说话。舅婆对我非常偏爱，也许我是老师，好歹也算是个正式工作，她把焖熟的鸡大腿捞了一个悄悄递给我，我咬了一口很香，也许是饿了，我吃得津津有味。大哥突然也出现在灶房里，看我啃着鸡腿，舅婆也没说把另一个鸡腿给大哥吃，气氛有点儿尴尬。大哥一声不吭出去了。

　　天很冷，突然下起了大雪。

吃饭时，大哥却不见了。我问大嫂，大嫂说："这个犟牛说有事说走就走了，我问他啥事，他也没有告诉我。"我嗯了一声，心里顿时明白了，大哥多心了，大哥是个自尊心非常强的人。

从这家转到那家，从这家吃到那家，转眼几天就过去了。妻子可能有点不太习惯，说自己眼睛老跳，要回家，黄舅公和舅婆再三挽留，我们留下母亲，然后带着女儿跟大嫂、几个侄儿一块回家了。

刚一回家，我收到一封从昆明发来的急电：父病危，速回。妻子拿着电报急急地说："我父亲生病了，我该怎么办？"我说："我跟你一块去看看他们老人家吧。"妻子说："眼看就要开学了，再说路费太贵，多一个人多一笔开支，要不我先回去看看情况。"妻子立即收拾行李，我把她送到漩涡街上。最后一趟班车已走了，我们急得团团转。这时一辆车刚好停在我们面前，车窗玻璃摇了下来，探出一个头，望着我们一笑："你们要去哪里？"我一看是郝红妍，高兴地说："你们去县城？"郝红妍点了点头："我和爱人回县城。"我说："把我妻子捎到县城，车费我们掏。"郝红妍说："这不见外了吗？上车吧！"妻子上车后，跟我挥了挥手，车扬起灰尘走远了，消失在山的拐弯处。

妻子一走就是半个多月，我好担心她，害得我晚上老失眠。

开学了，女儿也上一年级了，就在我的学校。妻子还没回来，我心急如焚，给她拍了加急电报，甚至担心她跟二嫂一样，抛弃我们父女俩不回来了。

那天，我上完课，刚回到宿舍，妻子推门进来了，她满脸的疲惫，我还没来得及说话，她就扑进我怀里哭了起来，我说："你一走，也不来电报，急死我了。"

妻子从我怀里挣脱出来，擦了擦泪水说："我赶到了昆明医院，见到了五年没见的父亲，我陪伴了父亲七天，最终死神还是把父亲带走了。就在这时我接到了你的电报，想到了山区的孩子们，我想亲人去世，已无可挽回，还是把这忠、这孝尽到教育上吧。所以我就踏上了北上的列车，一路赶了回来。"

"辛苦你了！还没吃饭吧？我给你弄点吃的。"我心里也非常痛苦，这是一位多么好的老丈人，一位从战火中走出来的英雄。想当初，我像乞丐一样来到西双版纳，他没有嫌弃我，痛快答应了我们的婚事。

"我刚路过咱妈家，吃了一口。"

"那你休息一下吧。"

"不用了，我耽搁了这么久，得准备一下，把学生耽搁的课补上。"妻子说，"我总觉得父亲在背后看着我。"

女儿进来找水喝，看见了妈妈，她扑了过去，两人紧紧搂抱在一起。

上课铃响了起来，女儿蹦蹦跳跳地走了。

妻子擦干泪水，面带微笑，平静地走上了讲台。

十二

春天又来到了磨子沟。

早晨，雾从山谷里升起来，整个森林浸在乳白色的浓雾里，鸟儿在树林里叽叽喳喳。太阳出来了，千万缕像利箭一样的金光，穿过树梢，在树林里旋转。大地上盛开着各种各样的野花，红的、白的、黄的、紫的，真像个美丽的大花坛。金灿灿的油菜花铺满梯田，犹如一片金色的海洋，蔚为壮观。如链带似的田野、层层叠叠的油菜花与村落构成一幅美丽的乡村春色图。

我带着妻子和女儿在山谷散步，我们穿过田地油菜花，穿过树林，穿过小桥，从二婶家门前路过，二婶招呼我们到屋里坐坐，她说："看你们一家三口，好羡慕啊，今天怎么没有去学校？"

我说是星期天。我看了二婶一眼，她的头发白了，走路也开始蹒跚。

女儿看见花丛里有几只蝴蝶，去追蝴蝶了。

这时邮递员牵着毛驴来了，从邮包里掏出一封信说："我这里有封信，是从台湾邮寄过来的，收件人是沈桂芳，沈桂芳是谁？"

我说："是我二婶。沈桂芳对好多人来说是陌生的，人们都叫她二婶或二嫂，而忘了她的大名。"

邮递员说："我猜也是她。"

"有我的信？"二婶惊诧地问。

"是的，是从台湾邮寄过来的。"邮递员牵着毛驴，唱着山歌走了。

二婶接过信，手有点颤抖，眼里露出一丝惊喜，她前言不搭后语地说："几十年都没收到过信了，怎么突然冒出一封信。五狗（我的小名），我不识字，你帮我念念。"

我接过信，小心翼翼撕开了，我先看落款是刘栋梁，一个熟悉又陌生的名字，我半天没有反应过来，我说写信人是刘栋梁，刘栋梁是谁？

二婶眼里露出了光芒，滚出了一滴泪水，声音有点嘶哑："那个死鬼还没死？他还活着！！！"

我明白了二婶嘴里的那个死鬼就是二叔。

二婶的情绪有点失控，她镇定了一下，擦了一下泪水说："快给我念念，他在信上说了啥。"

二叔没死，我心里也非常激动，我为二婶高兴，这么多年来，二婶一直没改嫁，辛辛苦苦把儿女拉扯大，她一直在等待着二叔回来，她坚信二叔还活着。二叔在信中说，他被国民党抓壮丁抓走后，在跟解放军作战中成了解放军的俘虏，经过改造和培训学习，他成了一名合格的解放军战士，还荣幸地参加了新中国成立时的大阅兵。他非常珍惜这次机会，没日没夜地训练，没时间写信。就在他准备回家时，接到命令，部队开拔东北待命，不久部队就在司令员彭德怀率领下，跨过鸭绿江，赶赴朝鲜战场。后来在一次战役中，他受伤被俘了，关在美国战俘营里，后来被迫去了台湾。他日夜思念亲人，直到两岸恢复往来，他抱着试试的心情写了这封信，也不知道能不能收到。

我念完信，二婶已是泪流满面。

二婶让我帮她立即回信，可她屋里没有信纸和笔，我带着妻子和女儿回家取信纸和笔，然后我一人又来到了二婶的家里。

二婶开始口述，我在旁边一字不漏地记录，两人分别四十五年了，二婶有千言万语想说，可她又不知道怎么去表达，老是重复一句话：我很好，儿女都长大成家了，你在那边还好吗？你啥时候回来？我把内容做了加工，给二婶念了一遍，二婶比较满意。刚好我连信封都带来了，照着信封地址写好交给了二婶，二婶把信放在胸口又开始流泪。

二婶留我吃饭，我婉言谢绝了，写封信对我来说举手之劳而已。当年，我可是写过几百封信。

第二天，二婶去漩涡街亲自把信邮寄走了。信邮寄走了，二婶的心也跟着走了，二婶开始盼信，只要见到邮递员就问，甚至坐在邮递员必经的路口等待着，就像母亲当年盼六弟的信一样。

一个多月后，二婶终于收到了信。二婶又让我给她读信、写回信。一来二去，不知不觉通了四五封信了。二叔在第六封信上说，他准备回老家磨子沟，看看儿女和亲人们。

二婶脸上整天挂满着笑容，她在等待着二叔回来。

一天又一天过去了。那天下午，一个白发苍苍的老人突然出现在二婶面前，两人对视了几十秒，老人放下行李，朝前走了几步，紧紧抓住二婶的手说："桂芳！真的是你吗？我是刘栋梁，我这是在做梦吗？"

二婶眼泪哗哗流了下来，哭泣着说："你这个死鬼，还知道回来啊！我们都以为你死了呢，把你已埋在了刘家祖坟里了。当年你被抓走时，你对我说你会回来的，我等了你四十五年，你终于回来了。"

二叔说："岁月不饶人啊，转眼间我们都老了，你知道吗？这些年来，我脑海里不停出现的就是当年我们结婚时你梳着长辫、脸红得像关公的那一幕。"

二婶白了二叔一眼："你的儿孙都这么大了，还说这些干啥，他们听见了还要笑话呢。"

二叔说："快点让他们过来，让我看看他们。"

二叔走进磨子沟的那一刻，有个老人就认出了他，二叔"复活"的消息顿时在磨子沟里传开了。

一会儿，大伯、伯娘、大哥、大嫂、母亲及乡邻好友都赶来了，屋里一下围了几十人，他们的目光齐刷刷对准了这位白发苍苍的老人，空气一下凝固了。四十五年的岁月，让二叔变化不小，他离开磨子沟时是小伙子，回来时已是满头白发的老人，人们都在努力地回忆着他年轻时的模样。大伯走了过去，抱住二叔说："回来就好，回来就好。"

二婶擦了擦泪水笑着对侄儿和孙子们说："这就是我经常向你们提起的那个人，大家不要发呆，快点叫啊！"

没人吱声，有几个还朝门外退。

这时刘辉佳歪着身子走了进来，他望着二叔不吱声。

二婶说："他就是你的爹啊，快叫！"

刘辉佳鼻子哼了一声，没吱声。

二叔笑了笑："没关系，我走时他还在肚子里，毕竟几十年没见面互相还不熟，今天我见到你们我很高兴。对了，我从台湾特意给你们每人带回一件礼物，有金戒指、金耳环、金项链……"二叔打开包，从大到小地发，发到谁谁就叫他一声，二叔被这亲情包围着，他一边发一边流泪。

人们捧着礼物笑着跳着。

大嫂和侄女在厨房帮着做饭，肖云秀也赶过来帮忙，洗菜煮腊肉。

一会儿饭菜做好了，一大家人围在桌前喝酒吃菜聊天。二叔吃了几口菜，声音有点沙哑，哭着说："还是家乡菜好吃啊，在外一直想吃家乡菜，今天终于吃到家乡菜喝到家乡酒了。"

二叔说："早知如此，当年我也应该把自己扣枪的那个手指剁了，你痛了一阵子，我却是痛了一辈子。"

大伯笑着说："当时一时冲动而已，现在想想，也不知道当时哪来的胆子，那种钻心的痛至今还深深留在脑子里。"

二婶插话说："你以前怎么不给家里写信报个平安？"

二叔说："我刚到部队时找人写了两封信，你没收到？"

二婶说："没有啊。"

二叔说："战火连天，可能寄丢了。"

大家站了起来，端起酒开始敬二叔，二叔也站了起来，端起酒杯一饮而尽。

二叔喝了一口酒，叹了一口气，讲述他是怎么到台湾的。

二叔讲完后，大家沉默了。

大伯踢了刘辉佳一脚，意思让他给他亲爹敬酒。刘辉佳腿一缩，装作不知道，独自端起酒喝了。

我站了起来，说了几句客气的话，我和肖云秀一块给二叔敬酒，二叔高兴地喝了，说我媳妇一看就是贤惠善良、知书达理的人。

母亲得意地说："他二叔，你真会看人，我这好媳妇是云南的，现在是磨子沟小学里的老师。"

二叔就开始问我三爹及儿女们的情况，当他得知三爹和父母都已去世，他哭了。

二婶说："当时你被抓走后，我经常烧香敬神，求菩萨保佑你呢！我和妈还经常到谷口的财神楼眺望和哭泣，盼望你回来！妈每天哭泣，哭瞎了眼睛……"

二叔哭得更厉害了。

"二弟，别哭了，回来了就好，能活着就好。"大伯拍了拍二叔的肩膀说，"喝酒喝酒！"

二叔擦了擦泪水，端起酒杯，直接倒进嘴里。

二叔抹了抹嘴，突然想起什么，目光有点走神，说："我闺女呢？"

二婶说："我已找人给她捎话了，估计明天她就回来了。"

母亲说："时候也不早了，大家先回吧，几十年没见，人家还有好多悄悄话要说呢。"

二婶脸一下红了。

大家一下散了。

夜深了，二婶房里的煤油灯一直亮着，四十五年没见，他们有说不完的话。二叔带回来一个录音机，录音机一直唱着同一首《回家》："那常春藤攀上生锈的思念，像蝴蝶离不开有花香的地方，宁静的小巷一杯永和豆浆，我在细细品尝恬淡的家乡。"我知道这是二叔想要的那种平凡而又普通的幸福生活。

第二天，我陪着二叔和二婶去坡上的刘家坟地，坟地芳草萋萋，开满着野花。刘家坟园规划得井井有条，公和婆的双人坟排在前面，后面就是二叔和三爹的坟，紧跟在他们后面的就是四哥和六弟的坟。二叔看着自己的墓碑苦笑了一下说："我虽活着，但我的心我的灵魂已葬在了家乡。"二叔说完，沉重地挪动脚步，然后突然跪在父母的坟前大哭。二叔哭够了，来到了三爹的坟前说了一会儿话，然后问我三爹后面的几座坟是谁的，我说是我四哥和六弟的坟。二叔长长叹了一口气。

二婶把火纸和鞭炮拿了出来，二叔在父母坟前和我三爹及我四哥、六弟的坟前各倒了一杯酒，然后点燃火纸，黄黄的火纸燃烧后慢慢变黑，它们在风中盘旋飞舞，有几朵飞了起来，像黑色的蝴蝶。

我拆开鞭炮，点燃了引线，噼里啪啦的声音响了起来，响声在山谷回荡，也像是一个游子在声嘶力竭地呐喊："回家了啰！回家了啰！"

鞭炮声停止了，二叔说："你们先回吧，我想在这里静静坐一坐，陪他们说说话！"

我和二婶下坡，我一回头，看见二叔盘坐在父母坟前，他点燃一根烟，插在父亲的坟头，然后又点燃一根，深深吸了一口，吐出一口浓浓的烟，那烟雾在阳光下清晰可见，烟雾缠绕着二叔，二叔一动不动，那一刻二叔像个雕塑，但眼里泪水却在恣意流淌……

二婶回家后，又杀鸡、煮腊肉，肉香弥漫了整个院落。二婶脸上布满了红晕，忙前忙后的，她仿佛一下年轻了二十岁。

二婶女儿山妞回来了，掐在饭点上，她怀里抱着一个，后面跟着三个女儿。

二婶喊儿子刘辉佳去叫他爸回来吃饭，他懒得动，不想去。恰好二叔从坡上回来了，一家人又围在桌前划拳喝酒，一桌子坐不下，摆了两桌还拥挤，二叔心情高兴喝醉了。二叔醒来时，院子里吵闹声一片，刘辉佳和山妞正在吵架。山妞说："凭啥给你两根金条，而给我一根？"刘辉佳说："胡说八道，一人一根，你是亲眼看见他给的。"山妞说："你当我不知道，他背后又给了你一根，因为你是儿子，我是女儿——泼出去的水。"刘辉佳生气地说："谁在嚼舌根子，不信你去问他。"刘辉佳和山妞还没吵毕，大嫂和侄媳妇又吵了起来，是为金戒指、金耳环的大小问题吵了起来，接着侄媳妇和侄媳妇也为金项链的长短问题打了起来。二叔听不下去了，他生气地走了出来，大声喊道："大家不要吵了，你们怎么互相猜疑呢？我可是一碗水端平，你们不是要黄金吗？我这就给你们拿去。"二叔转身回去找包，包却不见了。

二叔问二婶："我的包呢？"

二婶说："我昨天还看见它在这里，怎么就没见了呢？"二叔四处去找都没见，二婶似乎猜到什么，立马召开全家大会。二婶说："几十年来，我家从没丢过东西，我可以肯定地说是家贼，谁拿了包明天天黑之前还回来，我就当没发生这件事，否则我就报案。"

一天过去了，二叔的包毫无消息。

二叔抱起孙子说："叫爷爷！"

小孩说："我不叫。"

二叔问："为啥不叫？"

小孩说："我爹说了，你给我金子，我就叫。"

二叔放下小孩，心里很失落。这时二婶走了过来说："报案吧！"

二叔说："算了吧，反正是自家人，查出来了对大家都不好。我决定明天回台湾。"

二婶说："才回来几天，怎么就要走呢？都怪我从小没教育好这帮兔崽子，他们见财忘义，眼里只有金钱，没有……"

二叔说："其实，我在台湾也有妻室儿女……"

二婶："你在台湾还有老婆？"

二叔点了点头。

二婶生气地说："你有老婆，那你回来干啥？我还以为你回来再也不走了，这帮兔崽子伤了我的心，你又来伤我的心，四十五年来我一直在等你，没想到竟是这种结果……"

二婶还没说完就因老毛病复发而晕倒了，还没等送到医院就咽气了。二婶给二叔说的最后一句话就是:"我死时,把我们当年结婚的那套衣服给我穿上,我一直舍不得穿。"

第二天,二婶穿着当年跟二叔结婚时的那套衣服永远地走了。

安葬完二婶后,二叔在二婶的坟头哭了三天三夜。

第四天,二叔红着眼睛离开了磨子沟。二叔走时说:"有一种思念是骨肉情长,等祖国统一了,我一定回来。如果我等不到那天,就把我的骨灰埋在你二婶的旁边,我希望不是假坟,是真坟。"

二叔像个小孩子一样哭了起来。

二叔一走便杳无音讯,也不知二叔现在在异乡还好吗?是否还在思念家乡漩涡的磨子沟?他是否一直都在唱那首《回家》?

十三

山里多雨,磨子沟最怕的就是下雨。

一下连夜雨,山间小路顿时变成了泥浆路,人踩上去满脚都是泥巴,有的甚至没上脚背,鞋子有时就陷在里面半天都拔不出来,所以一到下雨天人们出门都要穿上雨鞋,有的雨鞋很长,把膝盖都遮住了。

学校放寒假了,我坐在门前看雨,雨水顺着屋檐朝下滴,最后连成了一条线,啪啪地落在桶里木盆里。前段时间干旱,地里庄稼都快枯死了,我就把接满的屋檐水倒进茅房里,等天晴后好淋庄稼。

院坝里雨水集成了河，雨点落在上面冒着泡，就像盛开的一朵又一朵花。

一个身穿蓑衣头戴斗笠光着脚的男人从我家院坝路过，他走近了，我才看见他肩膀上扛着铁铲，他向我打招呼："刘老师，今天没去学校？"

我看清了他的脸，是黄牛，我说："学校放假了，你忙啥？"

"田里水都灌满了，我把水沟清理一下，"黄牛说，"顺便把田里的水放了，我担心田坎会垮了。"

"到屋歇一下吧。"

黄牛站在屋檐下，没有进门，他说："你听说了没有，安康准备修水电站，我们这里好多家都属淹没区，要搬走重建呢。"

"前段时间我看见有人在河边测量，也不知道他们干啥子，原来是这样啊。"

黄牛说："你三哥不是在县上吗，你有没打听到什么消息？比如拆旧房子，如何赔偿？如何安置？"

我说："你不说，我还不知道这个消息呢。我好久都没跟三哥联系了。"

黄牛呵呵一笑："没事，我去地里转转。"

天晴后，黑牛突然修房子，在房子旁边又搭了一个简易的房子。其他几户人家也开始扩建房子。

大哥坐不住了，他来找我，他说："我听说安康要修水电站，他们都在扩建房子，你说我到底建不建？"

我说："建了又要拆，劳民伤财，关键是新建的房到时赔偿不？"

大哥本来也要扩建了，听我这么一说，回去跟大嫂一商量，加上手头又不宽裕，扩建的事情就搁置了下来。

　　漩涡区政府门前挂了一块移民办公室牌子，之前所有的传言，看来都是真的了，安康确实要建水电站。

　　不久，村上干部召集大家开会，移民办的钱主任传达了县上有关文件，号召大家响应国家政策。他说了拆迁安置问题，一种办法是落户外地，可以去县城月河川道、去汉中，甚至可以去湖北，大家可以提前去考察，选择落脚点。还有一种就是就在磨子沟重新修建房屋，但必须在淹没区以上修建。人们最关心的还是拆迁补偿问题，钱主任说一切按照标准来。

　　金窝银窝不如自家的狗窝，大多数人还是打算在磨子沟重新修建房屋。但还是有少数几家去外地考察去了，他们想离开磨子沟。

　　钱主任开始带着人来磨子沟丈量每家房屋面积了，人们都好吃好喝好烟好酒伺候上。有人就开始试探钱主任的口气，问新修的面积算不算，钱主任打着官腔说："这个不好说，我先登记上。"

　　有人打听到了消息，土墙房子，每平方补偿五百元，砖墙房子，每平方补偿六百元，每家能补偿多少，大家心里大概也有数了。

　　三哥和三嫂突然回来了，他们说是来看母亲的。三哥已是好多年没回磨子沟了，三嫂还是结婚时来了一次磨子沟，转眼都二十多年了。

　　三嫂突然回来，我想她一定是为房子补偿问题回来的。刚开始他们还遮遮掩掩，最后终于还是暴露了出来，三嫂说老屋也有老三的一份，补偿自然就应该有老三的一份。

本来大哥住东边的房间,我和母亲住西边的房间,按说都分家了,补偿面积自然就按分家后的面积算,如今突然插进来一个人要分钱,大嫂不乐意了,她说老三跟她家没关系,意思是让老三从我们现住的房子面积分。我妻子没说话,明显她也不高兴。母亲也为难,手心手背都是肉,分吧,这点赔偿钱重新修建房屋又不够。好在二哥二嫂没在,否则他们也要来分一份。

母亲就去找大伯过来商量,大伯为了公平起见,让大哥和我各退一步,从我们两家总面积里各让出少部分分给三哥。

大嫂当场跳了起来,大声说:"不行,凭啥分给他?"

三嫂也不示弱:"老三出生在这屋里长在这屋里,虽说这么多年没住屋里,但这房子自然也有他的一份。"

大嫂说:"你们从结婚到现在回来过几次?要分钱了,倒跑得比兔子还快。"

三嫂说:"老三是你们刘家的,当然也有他一份。"

大嫂说:"想得美,你在这个屋里住了几天?算来算去不到三天。"

说到最后,大嫂和三嫂推来推去,最后打了起来。母亲气得不说话。我站了起来说:"大家都别打了,大哥也不容易,房子面积从我这边分。"

两人立即不打了。三嫂说:"空口无凭,立字为据。"

我找来纸和笔立了字据,各自回屋。三哥和三嫂去了二哥家,他们屋里有空床。

三哥三嫂难得回来一次,大嫂本来要请他们吃饭的,这么一闹,也就不想请他们吃饭了。第二天天还没亮,三哥三嫂就走了,本来我想问问二哥的情况,还没来得及问,他们就走了。

三哥前脚一走，鞭炮就响了起来，吴老汉死了。

昨天我还看见吴老汉挑粪淋菜，怎么突然就死了？我被请了过去，帮他们写礼簿，吴家一个亲戚负责收钱。

磨子沟的人陆陆续续开始来行礼，有送十元二十元的，还有送粮食的，我一一登记。在登记的空隙，我问负责收钱的吴家亲戚："我昨天看见他挑粪，怎么这么快就走了？"吴家亲戚四周看了看，小声说："吴老汉三个儿子和两个女儿为了老屋补偿的问题打了起来，打得头破血流，吴老汉本来有心脏病，他们这么一闹，活活被气死了。"

我叹了一口气，非常怀念以前。那时人与人之间是多么淳朴，如今为了这点钱，兄弟反目成仇，不值得！

出殡前，吴老汉的三个儿子和女儿孙子围着棺材转圈，老二和老三转到了礼房，老二夺过我手中的礼簿，我问他们干啥，老二说："我看看收了多少钱。"老三一把抓住装钱的袋子就朝外跑。老二追了出去，抓住了老三，两人扭打在一起。两人的媳妇都扑了过去帮忙，越帮越乱，老大的媳妇也加入了进去。老三说："爹归我养，这礼钱自然归我。"老二说："拆迁补偿你多占了一份，现在礼钱凭啥你一人独占？我这边的亲朋好友及我老婆娘家人送的礼钱，自然归我，到时我还要还他们人情。"老大媳妇说："就是，老二说得有道理，我娘家亲戚送的钱，到时这个人情还是归我还，不能独吞。"吴家一个长辈看不下去了，他站出来主持公道："把钱交给我，先封起来，等处理完后事后，再慢慢算账。"

老三只好交出钱袋子。

终于出殡了，三弟兄和媳妇们个个都冷着脸。

钱主任带着一帮人又来到了磨子沟，挨家挨户签协议，我家土墙屋的面积一百平方米，大哥家房屋面积也是一百平方米，赔偿费用是各五万，签了协议就先支付一半，另外一半要等修建了新房拆了旧房才支付。我和大哥都是好说话之人，修电站又是国家政策，我们很快签了字。好在二哥房屋没在淹没区，如果他房屋要拆迁就麻烦了，家里没有管事的人。

钱主任来到黄牛家，黄牛死活不签协议，因为他扩建的房屋不给他算，他不能让这些钱打了水漂。黄牛不签，那些扩建房屋的人自然也都不签。他们围住钱主任讨要说法，很多人还是借钱扩建的房屋，他们有的抓住钱主任推来推去，有的说："不给我们算，我们就带着被子住在你家。"钱主任说："这是国家政策，我也是没办法。"有人说："政策是死的，人是活的，我们不能白白丢了这些钱。"钱主任想走，人们围住他不让走。

有人报了警，牛所长开着警车来了。几个警察下了车，喊道："让开。"没人理他们，牛所长吓唬他们说："你们再闹事，我把你们抓起来。"

黄牛说："把我们都抓进去吧，管吃管住多好。"

钱主任看这样僵持下去，怕出人命，就说："大家放心，我把你们意见转达给上面，等上面研究后，我一定给大家一个满意的答复，请大家相信政府。"

黄牛说："既然钱主任这样说，大家都散了吧。"

几天后，我刚把两万五拿到手，三哥和三嫂又来了，他们消息很灵通，我知道他们来的意思。我把一万二交到三哥手上，三哥转给三嫂，三嫂就在那里喜笑颜开地数钱，三嫂数完后又重新数了一遍。三嫂说："亲兄弟明算账，我们签了字据的，怎么少了五百？"三哥拽了拽三嫂的衣服，意思让她算了，三嫂理直气壮地说:"亲兄弟明算账。"三哥之前说让我给一万二就行了,看来三哥在他们家里没地位,他说话不算数,我只好掏出五百给了三嫂。三嫂小心翼翼把钱装在包里,连饭都没吃,立即回了县城。后来我听说,三嫂回县城后,第二天就去买了大彩电、冰箱和家具,还换了席梦思大床。

半个月后,黄牛像变了一个人似的,率先签了协议,并开始给大家做工作,讲大道理,让大家退一步。大家见黄牛都签了,他们虽不乐意,也只好勉强签了协议。多年后我才知道,黄牛之所以这么积极,是因为他扩建的房屋是按每平方米五百元赔偿的。

大家签了协议,就开始弄新房子的地基,马路两边是大家首先考虑的地方。我和大哥房子地基就选在马路边上,刚好这是我们自己的地。有的马路边上没有地的,就用好地交换,或者掏钱买。地基弄好后,大哥修的是长三间砖瓦房,我不甘落后,也修了三间砖瓦房。

那些日子,磨子沟里热火朝天,大家都在修建新房子,不属于淹没区的住户心里就非常羡慕那些修房子的人。新房子修建起来后,家家都要贺房子,那段时间,吃了东家吃西家,整天都泡在酒席中,男人们满身酒味,走路都是打趔趄。

老屋拆了,母亲伤心了好久,老屋有母亲多半辈子的记忆,儿女们都是在老屋出生长大的,长大后的儿女们像鸟一样,有的飞走了,有的夭折了……如今老屋消失了,永远消失了,老屋永远留在了母亲的心里,留在了我的心里,过去的一切都已回不去了,留在心里的只有美好的回忆。

大哥新房子修建起来后,很快就给儿子山虎订了婚,姑娘是大嫂娘家附近的人。订婚这天，刘家亲戚长辈都来了，妻子学校有事，我和母亲、大伯、大伯娘都去了，摆了两桌酒席。大嫂怕夜长梦多，打算冬月或腊月就把他们的婚事办了。

家家住上了长三间的平房，好日子开始了，幸福像花儿一样在磨子沟绽放，家家都洋溢着笑声，人们彻底不再为吃穿的问题发愁了，人们都在憧憬着比这更好的日子。

十四

这年的冬月，感觉很冷。

大哥大嫂终于了结了一桩心愿，山虎结婚了。婚事办完后，大哥的胃病老是发作，常常胀气难受，躺在床上呻吟不止。他躺在床上让孩子们轮流在他背上踩，或者让他们采用车轮战术，轮番用小拳头在他背上使劲打，就这他还不满足，拿出大嫂洗衣服用的棒槌，让我女儿在他背上敲打。女儿已上小学了，刚开始还不敢，轻轻打了几下，大哥说："使劲啊，你没吃饭？"女儿使出吃奶的力气打了几下，大哥笑着说："过瘾，再打，使出最大的力气。"女儿累得满头大汗，大哥跟没事似的。

大哥病老是发作，整天让人捶打也不是办法，我建议大哥去医院去看看，大哥说小毛病，没事。大哥心疼钱，手头不宽裕，修房子加上山虎结婚，他已欠了一屁股的账。我塞给大哥一百元，让大哥去检查身体，大哥死活不要，我硬是塞给了他。

大哥去漩涡街上的医院检查身体，区上的医院条件简陋设备落后，他们也没查出什么，建议大哥去县上医院。大哥回来后给我说了情况，我说那就去县上医院看看吧。大哥不去，我说："你是家里的顶梁柱，眼看山豹和山狗也该成家了，你不能倒下，你倒下了他们怎么办？"大哥勉强同意了，我又塞给了大哥一百元钱。

几天后，大哥大嫂回来了，我在田垄边遇见了他们，我问他检查情况，他说没事。但从大哥的表情上，我觉得大哥一定是有什么事情瞒着我，我问他他也不说。大哥把话题岔开了，大哥说："你猜我在县城遇到谁了？"

"谁啊？"

"当年下乡知青，张华敏。她骑自行车上班，我没注意到她，她注意到我了，她跟我打招呼，她在县计量器厂上班，听说那厂效益很不错，工资很高。"

"那个厂我听说过，是县上最大最红火的厂，产品畅销全国，职工们个个富得流油。"

"你猜，我在医院里还遇到谁了？"

"猜不到。"

"还是当年下乡知青，张曼茹，人家现在在县医院上班呢，听说现在是妇产科的主任呢。"

"我去了几次，都没遇见她们，你怎么一去就遇见了。"我想到了张华敏和张曼茹，她们曾经都在我家里住过，特别是张曼茹跟我谈得来，她被推荐上大学后，给我写过几封信，我一封都没回，这么多年过去了，我对她心里一直充满着爱和恨，一直把她埋在心里不想再提起。

大哥呵呵笑了："巧遇而已。"

旁边树林里传来了咳嗽声，我一回头，原来是陈大头站在那里在抽烟。我说："陈叔，你来了多久？"陈大头说："我一直就在这里啊。"

我和大哥转身走了，看来刚才我跟大哥的谈话，陈大头全都听见了。

大哥不肯告诉我实情，我就从大嫂嘴里套话。我还没开口，大嫂眼泪就哗哗流了下来，大嫂说："你们是亲弟兄，我就告诉你吧，医生告诉我说你大哥得的是什么癌症，说是晚期，还说什么恶性肿瘤、化疗等等，我也听不懂，医生说你大哥还有半年时间，劝我们放弃治疗，到时钱花了，病也治不好。"

我问："大哥知道吗？"

大嫂说："医生让我先不要告诉他，我还没有告诉他。"

"先别告诉大哥，我担心大哥万一知道了，精神一下垮了。实在不行，带大哥去省城医院做检查，做手术。"

大嫂抹了抹眼泪说："医生说这种病没有上十万恐怕治不好。家里哪有这么多钱啊，等死算了。就算有钱，你大哥也舍不得去看病啊！"

回家后，我把大哥的情况告诉给了妻子，妻子叹了一口气说："那就看病吧。"我说："大哥哪有钱啊？就算大哥有钱，他情愿死，情愿把这钱留给儿子成家，也不会舍得去看病。"我和妻子没有办法，通情达理的妻子拿出一千元说："给大嫂送去吧，给大哥买点营养补品，我看他最近瘦了不少。"我抱住妻子在她脸上亲了一口，说："感谢上天把这么好的女人送给了我，这是我上辈子修的好福气。"妻子用手指戳了我一下："少贫嘴！"

第二天，我和妻子去学校，在路上遇见了陈大头。我问他这么早去哪里，他说去县城，去检查身体。

几天后，陈大头回来了，满脸红光。他抽上了好烟，喝上了好酒，没事常在村里那棵几人围的皂荚树下侃大山，日子过得非常逍遥自在。

后来每隔一个月，陈大头都要去县城一趟。王婶刚开始觉得奇怪，每次去县城回来，连个病历都没有，就质问他是不是老毛病犯了，又去会狐狸精去了。陈大头说："我都这把年纪了，哪有力气去啃嫩草了。"陈大头喜笑颜开，就给王婶怀里塞钱："给你小费！"王婶捏着钱，逗得咯咯笑。

村里几个老头一见陈大头回来了，就来找他侃大山或者喝酒，他们知道陈大头有好烟好酒。有人就问他是不是进城会相好的去了，陈大头说："你们怎么都这样问？"

有人就开始劝陈大头喝酒。

有人不甘心，或者好奇，抓住陈大头说："你快告诉我们，你哪来的钱？是你女儿小红给你的？"

陈大头说："别提那个陈小红，没良心的东西，给她大哥二哥寄钱，就是不给我，她心里一直恨我呢。这个死丫头，从不给家里写信，也不知道她现在忙啥子？有人说她在山西，有人说她在北京，我就当没有这个女儿。好在现在我有个聚宝盆，吃穿不用愁了。"

"聚宝盆？把你聚宝盆拿出来看看！"大家好奇地问。

陈大头四周看了看小声说："当年的下乡知青张华敏和张曼茹，一个在计量器厂，一个在县医院，她们两人工资都高，嫁的要么是当官的要么是有钱人。"

"人家工资高,人家有钱,跟你有屁关系?人家又不给你一分。"

陈大头得意扬扬地说:"她们两个就是我的聚宝盆。"

大家面面相觑,有点莫名其妙。

这件事传到我的耳朵里时,我感到非常气愤,当年我写匿名举报信告陈大头,上面派人来调查,没有一个女知青站出来承认,害得陈大头到现在都依然逍遥法外。再想到当年三爹的死,当时三爹七窍流血,我查了相关资料,七窍流血可能是中毒造成的,我一直怀疑三爹是被人陷害的,三爹喝的是劁猪匠配的中药,劁猪匠跟我爹无冤无仇,但劁猪匠开的中药当时是陈大头去拿的,我怀疑是陈大头在半路上做了手脚,把这些药换成了毒药,然后我三爹吃后就中毒而亡,当然这是我的推测而已。想来想去,我打算找张华敏和张曼茹好好谈谈,我不能眼睁睁看着她们被敲诈,要把陈大头绳之以法。

我把我的想法告诉给了妻子,她非常支持我,最近刚好我要去县上教育局开几天会,趁开会的空隙,我决定去找找她们。

在去县城前,我想带大哥去县医院做进一步检查,大哥说:"我没病,不去。"后来我才知道,其实大哥早就知道自己的病情,他不想浪费钱财,不想让家人为他操心,他想平静地过完后半生,他每天面带笑容,他希望自己的笑容能感染家人。大哥不去县城,放弃了治疗,我无能为力,心里只能默默祝福他。我在县招待所住下后,去找三哥。三嫂打麻将去了,刚好三哥一人在家。三哥家里焕然一新,家电全是新的。

三哥不好意思地说:"上次房屋赔偿的事,其实我心里也很愧疚,你三嫂当家,我也是没办法。"

我摆了摆手说:"这事都过去了,不提了。大哥的事你知道吗?他得了癌症,医生说是晚期,估计大哥日子不多了。"

三哥叹了一口气说:"唉,这种病花钱也是打水漂。有时间我回去看看他。"

"二哥他现在还好吗?"我问。

"他现在关在汉中监狱,我也没时间去看他。"三哥说。

"我这次来还有别的事。"

"什么事?"

"关于陈大头的事,以前我写匿名信告他一直没能把他告倒,我怀疑当年三爹就是被他害死了。三爹当时七窍流血,说明是中毒身亡。你不是派出所有朋友吗?让他们抓住陈大头,给他动动刑,他肯定就招了。"

三哥说:"你说得倒轻巧,平白无故上门就去抓人,到时他反咬一口,我们又没证据,不好收场啊。"

我说:"我们可以找个理由把陈大头抓起来。"

"什么理由?"

"当年住在咱家的两个知青张华敏和张曼茹,她们为了招工和上学,被陈大头强暴了。后来陈大头知道张华敏和张曼茹单位好,家里又有钱,就去她们单位找到她们,说要把这事告诉她们的爱人和单位,还要在她们单位门口贴大字报。她们为了保守这个秘密,每人每月给他五百元,给十年。你说,这分明就是敲诈啊!"

三哥沉思了一下说:"这个陈大头心够黑的!问题是,张曼茹和张华敏她们是不会站出来揭发他的,毕竟她们要顾及自己的名声啊。"

我说:"我试试看吧。"

路过县医院门口,我看见里面灯火阑珊,我走了进去,妇产科在一楼,看见一个身穿白大褂的护士,我问:"张曼茹医生在没?"护士说:"正在做手术呢。"我就坐在过道里的椅子上等。一个男人过来问:"你老婆也在产房?"我摇了摇头,说等人。那人望着我怪怪一笑,不说话了。

半个时辰后,手术门被推开,一个穿着白大褂、戴着口罩的女人走了出来,女人的身子微微发胖,眼睛里满是疲惫,从她的眼睛我认出了她就是张曼茹,虽然身子比以前胖多了。在我的记忆里,她很瘦,弱不禁风那种。我们的目光对视了足足有十几秒,我说:"你就是张曼茹吗?"她望着我笑了,喊着我的名字。她摘下口罩,果然是她,她眼角有鱼尾纹了,我认识她时,她还是一个小姑娘,转眼就成了中年妇女。

"你老婆也要生了吗?"张曼茹问。

我笑了笑说:"不是,顺便路过,来看看你。"

"来看看我?"张曼茹笑着说,"你找我什么事?不会是把哪个姑娘肚子弄大了,让我帮忙引产吧?"

"你想多了,我要钱没钱,要长相没长相,哪个姑娘愿意跟我?"

我跟着她来到院子里的亭子里,她说:"说吧,什么事?"

"我想请你吃饭。"

"就这事?没别的事?"张曼茹盯着我的眼睛说。

"没别的事。"我真诚地说。

张曼茹想了想说:"好吧,刚好我明天休息。"

我说:"明天下午六点我在北门的饭店等你。顺便把张华敏也叫上吧，听说她现在混得也不错。"

张曼茹打了一个哈欠说："我今天连续做了五台手术，太累了，现在刚好下班，我就失陪了，有啥事明天细聊。"

我点了点头。望着张曼茹的背影，我的心里五味杂陈，那个清纯的女孩已不复存在。如果当初她给我写信，我给她回信了，接下来我们会走在一起吗？我们会幸福吗？这个念头在脑海里一闪，像烟花一样绽放，然后消失了，我不敢去想，也不愿意去想，过去的事就让它过去吧。

第二天开完会，我早早来到北门的饭店。张曼茹和张华敏果然来了。张华敏也变胖了，我差点都没认出她。我点了四个凉菜四个热菜，本来我还要点菜，被她们拦住了，说点多了吃不完又浪费。我提到磨子沟，她们仿佛都在回避这个地方，关于磨子沟的人和事她们没有兴趣，仿佛她们根本就没有在磨子沟这个地方待过。

我转移话题，聊了一下她们的家庭。从她们谈话中得知，她们的孩子都在上高中，学习都很不错，爱人都在政府里上班，看来她们的家庭都很不错。

我无意又提到了陈大头，我说他是害死我父亲的凶手，我一直想告他，不能再让他逍遥法外了，否则不知多少人还要遭殃。我观察着她们的表情，当我提到陈大头时，她们浑身颤抖了一下，仿佛被电击了一样；当我说要告陈大头时，她们脸上出现了笑容。张曼茹小声问："你怎么去告他？"

"我需要你们帮忙，只要把他抓起来，我自有办法让他开口。"我说。

"我们能帮你什么？"张曼茹问。

"陈大头不是每月要从你们那里拿钱吗？等他来取钱时，我让警察把他抓住……"我话还没说完，张曼茹和张华敏就说听不懂我的话，站起来走了。

我追上张曼茹，我说："陈大头是个无赖，他的话你们能信吗？与其这样，还不如让他蹲监狱。"

张曼茹大声说道："我不认识你！我不知道你在说什么！以后你不要再来找我了。"

第二天、第三天我都去医院找张曼茹，她都不理我。直到第四天，我在她下班的路口堵住她，苦口婆心做工作，分析了利弊。最终张曼茹同意了我的计划，她说不出意外的话陈大头明天应该来取钱，他们约定好了是每月五号在南门外月河边取钱。

我立即找三哥，把情况给他做了汇报。

第二天，陈大头果然来县城南门外的月河边取钱。就在陈大头兴高采烈地数钱时，埋伏的两个警察冲了过去，按住了陈大头，把他塞进了车里，然后进行了审问。陈大头怕挨打，还没等警察用刑，他全招了，他承认了敲诈的事，还承认了当年害死我三爹的事。当年三爹生病，陈大头帮忙去取中药，他把这些药换成了毒药，三爹喝后就中毒而亡。

警车来到了磨子沟，来到了三爹的坟头，他们要开棺验尸。母亲知道后拦住警察不让挖，我拽住母亲，给她说明了情况，说警察在找证据，只要证据落实，陈大头就要被审判，三爹也会含笑九泉了。

母亲同意了，不停地抹眼泪。

几个月后，终于证实三爹是中毒而死的。陈大头被关进了监狱，他被判了无期徒刑。

十五

　　日子如磨子沟里的小溪一样，每天平静地流淌着。

　　香港回归这一年，女儿上初中了，她在漩涡中学念书，每天踩着我当年的足迹去学校，下午放学才回来。女儿每天跟她奶奶生活在一起，而我和妻子大多的时光就待在学校里，以校为家。隔一天我就要回新家一次，我要帮母亲挑水，母亲年纪大了挑水不方便。我每次的任务就是把大缸装满水，然后再挑两桶水放在灶前。有时我就想，如果哪天我不在母亲身边，吃水问题怎么解决？我好羡慕漩涡街上那些吃上自来水的用户，手一拧水龙头，清亮的水就哗哗流了出来。

　　漩涡中学离我家有二十多里路，所以女儿中午放学一般不回家吃饭，学校没有食堂，又离漩涡街很远，中午就吃自带的干粮。为了女儿不挨饿，母亲每天听见公鸡叫声就起来给我女儿做饭，公鸡成了母亲的闹钟。母亲做好饭，就把往往还在睡梦中的女儿叫醒。吃完饭，天往往还没亮，女儿就跟队上的几个小伙伴一同去学校。每天上学要顺着汉江而下，过两条小河，然后沿着田埂小路行走，再顺着冷水河而上，就到了。听公鸡的叫声来推断时间，有时也不准，要么去早了，要么去晚了。记得有一次，母亲听见鸡叫声就起来给我女儿做饭，吃完饭，外边还是大月亮，女儿跟着二哥的孩子踩着月光来到学校。因到校太早，教室门自然没开，学校没有围墙，窗户也没玻璃，她们就从窗户翻进教室，在教室里的课桌上又睡了一觉。母亲知道后,心里很内疚,她就非常希望能有一只手表。手表在那时不是人人都能买得起的,那时整个队上都没有一只手表。后来,母亲看到漩涡街上铺子里有卖闹钟的,她一问价钱要十三元,只好作罢,十三元在当时可不是一个小数目。

为了女儿上学不迟到,我特地买了一个小闹钟。这个闹钟小巧玲珑,母亲望着小闹钟兴奋不已,每天都要拧几圈"发条",定好时间。闹钟每天准时把母亲叫醒,女儿从此再没迟到过或半夜去学校了。

磨子沟雨水多,一到秋季,山里经常下连夜雨,一下就是半个月。一下雨,江河暴涨,小河也跟着暴涨。母亲把女儿送出门,叮嘱大一点的孩子一路要小心,要照顾好弟弟妹妹,宁愿多走几步,不要强行过小河。女儿点了点头。女儿穿着雨鞋,打着黑黑的大伞跟母亲告别。有时我也穿着雨衣送女儿去学校,平时放学走的路早已被洪水淹没了,江水已漫延进了每个山沟,山弯里有道桥,走这条路,要顺着土马路绕好远好远的路才能到学校。土马路经过雨水泡浸,变成了泥浆路,脚踩上去陷下去一大截,有时半天都拔不出来。我常常把女儿送到老街,然后跟女儿告别,让她放学哪怕多走几步,不要顺着江边走,要顺着马路走。女儿望着我笑了笑,挥了挥手。女儿单薄的身影消失在山的拐弯处,消失在瓢泼大雨中,这一幕印在了我的脑海中,后来在我眼前常常出现。女儿的前途和命运掌握在她自己的手中,路要她自己去走,命运要她自己去改变。那时,农村孩子走出农村唯一的出路就是考中专中师,考上中专中师就等于端上了铁饭碗。目标我都给女儿制定好了,考安康师范学校,当老师是她的梦想。

多雨的季节一过，天气就慢慢变冷了，山里人最怕的是冬天，干冷干冷，大人怕，学生也怕，一到冬天，女儿脚上老长冻疮。他们教室很冷，跟我们学校一样，窗户没有玻璃，糊的是报纸，但这些报纸被那些调皮的学生戳得千疮百孔，一刮风，风就穿过教室，他们就打冷战。课间十分钟，一帮男生就常常拥挤在墙角，喊着号子，我们叫"挤矮子"，他们就用这种办法相互取暖。后来，母亲买了白炭，每天早上为女儿做饭时，就在灶里把白炭烧得通红通红。女儿吃完饭就提着火笼子去学校。火笼子是用竹子编制的，里面放着一个黄黄的瓦盆，上课时可以把双脚踩在上面，脚一暖和，浑身就暖和了。

有爱不觉日月长，比翼教坛共成长。在女儿上初二的时候，我也去安康进修了一年。妻子就接替了我的工作，成为磨子沟希望小学副校长，同时她还被漩涡区评为"优秀教师"和县上的"十佳教师"。

转眼到了2000年，这一年是龙年，我认为这将是一个吉祥之年，我对女儿即将参加中师考试充满信心，我相信这一年女儿的命运将会改变，这一年将是女儿人生中关键的一年。

女儿通过预选考试，顺利争取到了参加中考的机会，全区预选只有十五个名额可以参加中考。看到女儿忙于准备中考，我为她担心，我想到了吴玉兰，望着女儿在台灯下复习的背影，我甚至有点儿把她当成了吴玉兰。吴玉兰当时学习刻苦，预选考试时是全区前几名，凭她的成绩，别说安康师范学校，就是西安和外省的学校应该都没有问题，但没有想到她却发挥失常了。她的思想包袱太大了，亲人先后离去，一个年仅十六岁的孩子哪能受得了这么大的压力，怪我当初没有做好她的思想工作。有时我也在想,如果当时吴玉兰考上了,她过的将是另一种生活,也许跟我一样站在讲台上。事情过去这么多年了,我至今没有她的半点消息,我想也许她过得并不好,如果过得好她应该主动联系我或者写信给我。我清清楚楚记得她去县城参加中考的情景,大雨瓢泼,江河暴涨,漩涡通往县城的土马路塌方了,山高路险,班车也停运了,他们步行去县城。她走时,我还塞给了她五十元钱和一些干粮,让她在县城想吃什么就买点什么。这次中考,吴玉兰说自己考得还可以,可没想到的是她发挥得并不好。我想支持她读高中,但她是个自尊心非常强的人,不告而别,离开了磨子沟,她心里清楚就算上了高中,要考上大学比登天还难,因为现实情况是全县每年考上大学的只有十个人左右。

我怕吴玉兰的情况在我女儿身上重演,有时给女儿也讲吴玉兰的故事,让她放下思想包袱,正常发挥就可以了,就算考不上中师,还可以参加高中考试。

女儿是个懂事的孩子,她说:"爸爸你放心吧!"

我摸着女儿的头说:"我相信你,孩子,加油吧!"

为了给女儿补充营养,妻子给她买了奶粉。母亲更是恨不得把家里好吃的东西统统塞进女儿的肚子里,平时母鸡下的蛋,母亲总是攒下来,拿到集市上去卖,如今母鸡下的蛋全给了我女儿吃。

这次中考跟以前一样,考点设在县城。考试的头两天,妻子陪女儿一块去县城,本来我让她们住在三哥家,但妻子考虑三哥的儿子上高三,怕影响孩子就没去,就在县中学附近招待所住了下来。

女儿考完试,说在考最后一门时头痛,影响了发挥,不过问题不大。我们都没在意,女儿这段时间太累了,可能是感冒。

接下来就开始填报志愿，女儿第一志愿填的就是安康师范学校，当老师一直是她的梦想。

不久中师考试成绩出来了，中师分数线是280分，女儿考了279分，差一分。女儿看到自己成绩的那一刻，伤心地哭了。我安慰她，让她别伤心，鼓励她报名参加高中考试，可以报考汉阴中学。汉阴中学每年在漩涡区招生十名。

女儿擦干泪水，全心扑在复习上。功夫不负有心人，女儿终于考上了汉阴中学。

女儿住在学校的宿舍里，刚开始，我担心学校的伙食不好，就让女儿在三哥家吃饭，每月我给生活费。时间一长，三嫂就有意见了，对我女儿也有颇多不满，女儿也想在学校吃饭，后来干脆不去三哥家了，在学校食堂吃。

女儿在县城上学后，妻子萌发了想要把工作调到县城附近的月河川道的念头，我知道这几乎是不可能的事情，南北二山的教师要想进县城和月河川道，太难了，简直比登天还难。别说月河川道，就是从磨子沟希望小学调到漩涡小学也非常不容易，女儿在漩涡中学上学时，妻子就想调到漩涡小学，同时可以照顾女儿，漩涡小学的条件比磨子沟小学不知要强多少倍。妻子写申请找区教育组，教育组组长说编制满了，等机会吧。妻子不甘心，多次去寻找，教育组组长说了实话，好多人都想进漩涡小学呢。妻子走时，教育组组长说："慢慢等吧，也许你还是有希望的。"

这句话给了妻子希望，她是一个单纯的老师，她就慢慢等，结果三年过去了，女儿都初中毕业了，还是没有一点儿希望。妻子后来慢慢放弃了去漩涡小学的想法了，如今突然冒出了想去县城小学的想法。她单纯地认为，三嫂在县教育局，也许能帮她说上话，其实三嫂在教育局搞内勤，说话也没有分量。

妻子渐渐也不再提工作调动的事了，磨子沟的孩子需要她，她也舍不得这些孩子们。

十六

这个夏季非常诡异。

山里的天气就像小孩的脸，说变就变，让人琢磨不透。刚开始下了几天雨，江河暴涨，磨子沟两边的庄稼都被淹没了。洪水退却后，苞谷秆全卧倒在泥浆地里，黄黄的泥浆上面有发白发臭的死鱼，磨子沟一片狼藉。不久就是晴天，气温高升，每天都跟一团火似的，坡上的庄稼变得面黄肌瘦，叶子发黄变干都卷了起来，感觉一把火就可以点燃。水井里的水也变少变小了，就连家家户户的茅房因淋菜用水也早都干枯见底了。

同样，汉江水变瘦变小了，河床裸露了出来，有的地方成了窄窄的河道，感觉裤脚一绾就可以走到对面。

磨子沟像一个火炉，男人们穿着裤头在村里游荡谝闲传，妇女和老人们手拿蒲扇坐在大树下乘凉。小河断流了，干枯了，那些小潭成了孩子们的乐园，他们光着屁股跑来跑去。大人们是不准他们去汉江里游泳的，因为每年都有几个人被淹死，而这些山沟里的小潭可以随便玩，想怎么玩就怎么玩，就是不能去汉江里游泳。但有的孩子还是偷偷跑到河里去游泳，有的孩子怕大人知道了，洗完澡就在太阳下晒一下，大人自有大人的办法，他们只要用指甲在你胳膊上轻轻抠几下，根据留下的印子，就可推断你去汉江里洗澡没。一旦被确认，免不了被狠狠揍一顿。被打的孩子老实几天，趁大人不在往往又偷偷跑到河里快活去了。他们躺在江面上，望着头上的蓝天白云，心里说不出的欢喜。

热浪在磨子沟里无处不在，狗趴在地上伸着长长的舌头，有气无力。一到晚上，好多人都在院坝里支起了简易床，铺上了凉席，屋里热得像火炉，电扇吐出的风也是热的，空调那时还是奢侈品，磨子沟里没有人装空调，好多人还没见过空调呢。他们都把空调喊电老虎，没人养得起这个电老虎。

一天黄昏，天空变得阴沉沉的，雾气一团一团地弥漫开来，天似乎要下雨了。

我和母亲、妻子正在家里聚精会神地看电视，忽然听到屋外刮起了大风，大风吹得哗啦哗啦地响。我们都好奇地跑到窗户前向外看，只见街两旁的树被大风吹得东摇西晃，像在跳舞一样。不一会儿，电闪雷鸣，又听到噼里啪啦的响声。我吃惊地看到院子里铺满了白色的亮闪闪的东西，有汤圆那么大。母亲大吃一惊，说道："不好了，这是冰雹。"只见冰雹不断地从天上掉下来，像石子一样打在屋顶的瓦上、打在地上、打在桥上、打在江面上……发出啪啪的声音，像是在放炮仗，像是在击打鼓，使得大地沉浸在这喧闹声中。我透过窗户朝外一看，冰雹军团来势凶猛，一群一群地撞向地面，又像弹珠似的滚开。坡上的人们在疯狂地奔跑，寻找躲藏的地方。我站在窗边，被一些淘气的小冰雹砸了几下，我快速地关上窗。

渐渐地冰雹少了点，不是一群一群的了，可还是那样勇猛，砸向地面的速度和声音足以跟敲锣打鼓声媲美了。雷声和着冰雹,发出轰隆隆的后鼻音响声和啪啪啪的响声,汇成了一曲交响曲,砰砰砰地"敲打"着人们的心,真是令人震撼。

突然成片的冰雹又压了下来,树枝被砸得左右摇晃起来,风也来凑热闹,树叶也沙沙地摇摆着,有几棵大树被拦腰刮断了。幸好冰雹只下了几分钟就停了,接着,又下起雨来,不多久,雨也停了。

我担心学校,学校是瓦房,我对妻子说:"我去学校看看。"

"我也去。"妻子说。

一路上我看见有的冰雹有鸡蛋或梨子那么大,它们静静地躺在地上,土路两旁的水杉树掉了好多好多绿色的叶子,铺得满地都是,马路都变绿了。地里的庄稼和果树被砸得一片狼藉,地上铺了厚厚一层还没成熟的青果子,好多人家房顶和窗玻璃被冰雹打坏了。

妻子捡起地上的一个冰雹,它里面有一个特白的圆点,外面是透明的,妻子好奇地左看右看,然后幽幽地说:"也不知道县城下冰雹没?女儿该没事吧?"

我安慰妻子说:"放心吧,县城都是水泥教学楼,应该没事的。"

山沟拐弯处,两个人抬着担架在飞快地行走,我认得他们,给他们让道,他们是劁猪匠的两个儿子,我问他们怎么了,老大说:"我爹在坡上劳动,被这冰雹砸晕了,我们送他去漩涡街上的医院。"

我说:"需要我帮忙吗?"

老大说:"不用了。"他们飞快地走了。

我和妻子来到学校，学校的瓦房被砸了几个窟窿，教室桌子上落满了瓦块和冰雹，一棵大树倒在我宿舍房子上，瓦片四处都是，桌子上碗也被打碎了，透过屋顶可以看见天空。

妻子哭了："这可怎么办啊？"

我笑着说："没事，有我呢。万幸的是冰雹是黄昏来的，如果在上课时，冰雹来了，后果不堪设想。"

妻子说："也是，只要学生没事，一切都好办。"

我找来弯刀，把树枝砍了，想把树干挪开，树太重了，挪不动。我去附近找来几个学生家长过来帮忙。这时一个头戴草帽的人也过来帮忙，树挪开后，其他人连水都没喝一口就走了，唯独这个戴草帽的人在学校四周转悠，不时走进教室观看。那人有点面熟，但我又想不起他是谁。

"学校这次损失不小啊！好在没有学生受伤。"那人主动跟我说话。

我说："是啊。"

那人掏出本子和笔在记录什么，我忍不住问："您是哪位学生家长？"

那人嘿嘿一笑，取下草帽扇风，说："我出来转转。"

我认出来了，他就是漩涡区的金区长，我初中同学郝红妍的爱人。我大吃一惊："你怎么一个人来了？"

金区长说："我到磨子沟转转，了解一下灾情，看看有没有人受伤，我好如实给上面上报。当然明天会有人来调查和统计受灾情况，我还是亲眼来看看，心里踏实。还是这句话说得好，再穷不能穷教育，再苦不能苦孩子。"

我说："你这是微服私访啊。"

金区长说:"当官不为民做主,不如回家卖红薯。我一个共产党员,当然要起到带头作用。"

我说:"那些当官的都像你一样就好了,心里时时刻刻都装着老百姓。"

金区长说:"那年我下乡调研,在一户老百姓家住,晚上女主人给我煮了两个鸡蛋吃。没想到的是,有人就写检举信告我强吃老百姓的鸡蛋,还捕风捉影地编造我跟女主人关系暧昧,有作风问题。上面派人来调查,我作风没问题,但吃了两个鸡蛋是事实。就为了这两个鸡蛋我写了检讨,承认了错误。这件事,让我明白了,不要拿群众一针一线。因我经常在下面,跟老百姓同吃同住同劳动,常常不回家,我老婆以为我外面有女人,常常跟我闹矛盾呢。"

妻子哈哈笑了,招呼金区长进屋喝水。

金区长戴上草帽,挥了挥手说:"我去别的家看看。"

金区长踩着月光走了。

第二天,有人来学校给我们免费修房屋,我知道一定是金区长派人来修的。

这次磨子沟的灾情很严重,统计结果也报了上去,县上领导也来视察了,陪同县长来的还有黄万鹏,他已不是县委副书记了,现在是县政协主席,今年就要退休了,也许这是他最后一次视察工作了。他头发已白了,他在磨子沟待过多年,最有发言权,他说了灾后重建等等工作,抢占了风头,但人们又不得不佩服他说得有点道理。

县长一行又来到了小学,县长问我有没有什么困难,我说没有。县长笑着说有啥困难就直说。我说真的没有。县长笑了笑就走了。

　　县长一走，我就有点儿后悔，其实学校有很多困难，我一紧张竟然就不会说话了。学校问题先不说，眼前最迫切的问题就是快一年都没发工资了，女儿在县城上学需要钱啊。

　　第二天，母亲把圈里的两头猪喂得饱饱的，她看着猪，目光有点儿依恋，母亲每天喂猪，对它们也充满了感情。开春时它们还是猪崽，是母亲从劁猪匠家里赊的，钱还没给人家，如今它们长得膘肥体壮，母亲看了半天，对我说："把绳子拿来，把黑猪套住，拉到集市上去卖了。"

　　我找来绳子，绾成圈，试图套住猪的脖子，黑猪看了我一眼，似乎预感到了什么，退到角落里。母亲朝猪槽里又添加了一些猪食，那只花白猪吃得非常香，黑猪忍不住也来到猪槽里抢食吃，我趁其不备在它抬头那一瞬间套住它的脖子，把它朝外拖。黑猪不愿意出来，号叫着，我双手使劲儿拽住绳子朝外拖，把黑猪拖到院子里。

　　母亲戴着草帽，提着篮子，篮子里装了十几个鸡蛋。母亲准备把鸡蛋拿到集市上卖了，以前鸡蛋都是留给我女儿吃的，如今女儿平常不回来，要等放寒暑假才回来，母亲把鸡蛋又攒起来卖钱了。

　　妻子从堂屋跑了出来说："你们去集市，我跟你们一块儿去吧。顺便我去书店看看教材到没。"

　　我点了点头。

　　天上飘着白云，山谷里很静。我在前面牵着猪，母亲在后面用细竹条驱赶着，猪赖着不走，也许猪一直待在猪圈里，没见过世面没走过蜿蜒的山路，有点儿胆怯，母亲就轻轻打几下，"快走。"猪似乎能听懂母亲的话，哼哧哼哧地摇着尾巴就走了。妻子走在最后面，提着篮子哼着歌。

穿过山谷，我们来到了江边，顺着江边而下。太阳虽然很毒辣，好在有风，妻子头上突然多了一顶白色的大圆帽子，记得她走时头上没有帽子啊？原来这是她的折叠太阳帽，平时不用了可以折叠装在包里。天气虽然很热，但赶集的人还是不少，他们都是从方圆几十里赶来的，也是想把家里鸡、猪、水果等等能变成钱的东西拿到集市上卖了，然后再购买油盐酱醋等日常用品。

猪一路走走停停，来到冷水河边躺在水里不起来了。母亲抽打了几次它也不动，母亲懒得打了，蹲在水边洗手，然后双手捧起水喝了几口。母亲望了太阳一眼，说："走吧！"我使劲儿拽了一下绳子，猪抬起脖子站了起来，它一下精神了许多，走路也快了。

我们来到漩涡街，漩涡街的猪牛市场在下街头的江边上，江边上有块天然的大平地。市场上人不少，我们赶紧找了一块儿阴凉的空地。妻子不小心踩了一脚牛屎，她使劲在地上跐来跐去。我说："你先去忙你的吧，等下我来找你。"

市场上的人大多眼熟，都是附近几十里的人家。市场上有猪贩子，他们开着车，收了猪，拉到城里去卖，或者直接卖给县城的屠宰厂。

一个猪贩子来到我们面前，左看看右看看，不停挑毛病。母亲说："你开价吧。"猪贩子说："一口价，四百八。"猪贩子买猪不用秤，用眼睛看，他们的眼睛都很毒，往往一眼就能看出你的猪大概有多重，当然他们是不会告诉你的。

母亲说："我这头猪起码也有一百七十斤，我吃点儿亏，一口价五百。"

猪贩子说："你这头猪有点廋，不好卖，四百八十，我就牵走。"

母亲不松口，猪贩子走了，去看别的猪去了。

太阳毒辣，我和母亲把猪拴在一棵树下，有人来询问，大多是十里八乡的乡亲，他们也是来卖猪的，互相打听对方的猪卖了多少钱，有的唉声叹气，说自己卖亏了。太阳偏西了，市场上人越来越少了，又一个猪贩子走了过来，围着猪绕了三圈，慢悠悠地说："一口价，四百七。"母亲说："五百。"猪贩子说："大娘，你再不卖，等下就只好牵回去了，来回几十里，划不着。"

母亲犹豫着，望了望我，我擦了擦额头的汗，想到女儿也要用钱，家里开支都需要钱，我叹了一口气说："卖了算了吧，等下朝回牵又累又麻烦。"

猪贩子说："是啊，四百七，我立马牵走。"

母亲叹了一口气说："牵走算了。"

猪贩子喜笑颜开地从包里拿出一沓钱，当场点了数，递给我母亲。我母亲接过钱，认认真真又点了一遍。

猪贩子拽着绳子拖了几下，猪望了母亲一眼，不走。猪贩子用木棒把猪赶到车旁，几个人把猪朝车上抬，猪号叫着不肯上车。母亲不忍心看下去，抹了一把泪走了。

我们来到漩涡街上，街上熙熙攘攘。母亲把篮子里的鸡蛋也很快卖了，一角钱一个。妻子在书店门口等我，见了我问我猪卖了没，我说卖了。然后妻子陪母亲去商店转转，她们要采购日常生活用品。

我来到邮电局，没见郝红妍。我填写了一张汇款单，给三哥汇一百元，让他转交给我的女儿。办完后，我给三哥打了一个电话，让他先给我女儿一百元，我给他的钱随后就到。

打完电话，我去商店找妻子，她们也刚好采购完。街上人越来越少了，我们踩着夕阳回家。

走到磨子沟，我们听到了水泵抽水的声音，水顺着渠沟流进了田里，人们围在田地里欢声笑语。水田干得都炸裂了，秧苗发黄卷着叶，再不灌水，秧苗都将干死。我看见了金区长在跟村民们说说笑笑，金区长看见了我说："你回来得正好，区上出资帮大家把汉江的水抽到各位秧田里，一会儿就该到你家的田了吧。"

我笑着说："还是金区长时时刻刻想着我们老百姓，如果再不灌水，恐怕大家明年都要饿肚子了。"

金区长说："别感谢我，要感谢就感谢党，感谢政府。"

黄牛附和着说："是啊，还是党和政府好！"

十七

陈小红开着豪华的小车回到了磨子沟。

陈小红穿着时髦，烫着卷发，穿着高跟鞋，脖子上挂着黄金项链，手上戴着蓝宝石戒指。女人们羡慕她浑身珠光宝气，男人们惊呼的是她的小车，据内行人说她的这辆小车价值一百多万，人们顿时大吃一惊，围着这辆红色的小车这看看那摸摸，据说车前面的一个车标就十多万。黄牛说："大家别乱摸，摸坏了，你们赔得起吗？"

陈小红离开磨子沟二十年了，但关于她的传言却一直在磨子沟没有断过，有人说她离婚后嫁给山西一位煤老板，靠卖煤发了财，跟山西老板离婚后又在北京开了公司，发了大财。如今她突然回来，好奇的人们顿时围满了王婶的屋。王婶向人们展示女儿送她的金项链、金戒指以及各种好看的衣服，女人们都非常羡慕王婶生了一个好女儿。

陈小红坐在黄牛院坝里跟黄牛媳妇拉家常，她这次回来，给嫂子和侄儿都带了贵重的礼物。我刚好路过，遇见了陈小红，她看了我一眼，我也看了她一眼。当年她曾疯狂追求过我，求我娶她，转眼分别二十年了，岁月在她脸上留下了痕迹，眼角的鱼尾纹被粉遮盖还是暴露了出来，我们对视了一会儿，我说："你回来了。"她说："回来了。"我指着我身后的肖云秀说："这是我媳妇。"陈小红笑了笑："我一看就知道，云南西双版纳的漂亮女人。"我问："你怎么知道？"陈小红笑着说："这些年，我虽然没有回磨子沟，但磨子沟的风吹草动，我还是知道的。"我想问她这些年过得好吗，但妻子在身边我也不好意思多问，但转念又想到人家开豪车回来的，还用问吗？我说："没事了到我家坐坐。"陈小红说："好啊。"我跟妻子匆匆走了。

陈小红在家待了几天，我一直没有去她家看她，岁月改变了我们很多，我也不是当初那个少年了，往事随风去吧。那天黄昏，我从学校回来，走到半路遇见了陈小红，她拦住我说："听说你女儿在县城上学，明天我去县城，你不去县城看你的女儿吗？顺便坐我的车，好吗？"

我好久都没见到我的女儿了，刚好我也要去县城办点儿事，我犹豫了一下说："算了吧！我不去了。"

陈小红盯着我的眼睛说："你不敢坐我车吗？"

我说:"我有啥不敢的?"

陈小红说:"那好,明天早上我带你进城,不见不散。"

回家后,我把妻子上次给女儿买的衣服和鞋子装进包里,母亲知道我去县城看女儿,又给孙女准备了一些吃的。

第二天一早,我坐上了陈小红的车,她有专职司机。她说她的司机是个退伍军人,同时也是保镖。我看了司机一眼,身材魁梧,始终戴着墨镜,不苟言笑。陈小红原本坐在副驾驶位置的,车到凤凰山脚下,她坐到了后面,跟我坐在了一起。我挪了一下屁股,她也挪了一下,靠在了我的身边,我已靠在车边上了,再也无法挪动了。她盯着我的眼睛,深情地问:"你也不问问这些年,我过得好吗?"

我说:"这还用问?你要啥有啥!"

陈小红说:"你这人没劲,不想跟你说话了。"

我笑着说:"你想说就说吧。"

陈小红说:"我这次回来,是你们县委书记邀请我回来的,否则我也不会回来。"

我半信半疑地说:"县委书记邀请你?"

"是啊!县上招商引资,有个项目想请我呢,让我在县上投资建厂呢。"

"你让我刮目相看!"

车在凤凰山上盘旋,朝下一望,悬崖峭壁,云雾缭绕,公路若隐若现,我们沉默了。陈小红打了一个长长的哈欠,闭上了眼睛。我提心吊胆,一路上心都在扑通扑通地跳,直到车盘绕到山脚下,我才松了一口气。

车在汉阴宾馆门前停了下来。汉阴宾馆是汉阴县当时最高档的宾馆了，它跟县政府一街之隔，办事也方便，同时它离汉阴中学也非常近。

"陈总，到了！"司机拉开车门小声喊道。

陈小红揉了揉眼睛说："知道了，你去忙你的。"

司机把房卡交给了陈小红："陈总，有啥事给我打电话，我去文峰塔和河边转转。"

陈小红点了点头，然后对我说："到我房间坐坐，我有事问你。"

"什么事？就在这里说吧。"

陈小红四周看了看，推了我一下："走嘛！这里不方便！"

我跟着陈小红来到二楼的房间，她关上门，给我倒了一杯水说："随便坐！"我在窗前的椅子上坐了下来，她接着说："离婚后，我认识了一个山西小老板，日子过得非常无聊，我就开了一家小饭馆，结识了运煤车司机，用火车运煤，投资车皮，我自己当了老板后，就离婚了。后来，我到北京注册成立了公司，经销电煤……"

我说："你挺厉害的。"我想问她现在结婚没，或者爱人是干啥的，话到嘴边我忍住了，这样问有点不礼貌。

聊了一会儿，我站起来要走，她突然从背后抱住了我，幽幽地说："今晚别走，可以吗？其实这些年，我的心里一直装着你……"

我的眼前出现了妻子的身影，我想掰开她的手。她双手抱得很紧，我没有掰开，她继续说："只要你离婚，我给她们母女五百万，再给你两百万零花钱，再送你房子车子……"

我使劲儿掰开她的手说："对不起，我还要去女儿的学校。"我匆匆跑了，听到了背后陈小红的哭泣声。

我忐忑不安地来到汉阴中学,在女儿宿舍门口我见到了女儿,把衣服鞋子交给了她,还给了她一百元钱,刚说了几句话,女儿说她要去上晚自习了,匆匆走了。

女儿像只蝴蝶一样飞走了,她的背影留在了我的心里,我多么想对她说:"女儿,我爱你。"

第二天晚上,我在县电视台新闻里看见了陈小红跟县长握手签字的画面。那一刻我明白了,我跟陈小红已是陌路人了,我跟她不会再有任何交集了。

打工的浪潮蔓延进了汉阴县,蔓延进了磨子沟,磨子沟第一批年轻人纷纷去了东南沿海,春节前他们大包小包地回来了,穿着新潮服装,说着外边花花世界。年轻人挣了钱,没房的就修建新房,推掉泥土房修建砖瓦房,没娶媳妇的就抓紧订婚或结婚。一些上了年纪的中年男人也眼红了,跟着年轻人也一块儿出门打工去了。

大哥的儿子、大伯的儿子也打工去了,磨子沟只剩下老人和留守儿童了。没有年轻人的磨子沟顿时安静了许多,常常半天见不到一个人,只有鸡声、狗声和鸟声在山谷里飘荡。

十八

二〇〇三年,一场"非典"疫情席卷全国,全国上下众志成城抗击"非典"。

几个月后,"非典"在中国得到有效控制,安康、汉阴防治非典型性肺炎指挥部撤销,学校解除了封校。

我和妻子带着吃的喝的来学校看女儿,顺便给她加油打气,让她好好参加高考。校门我们进不去,女儿在里面,我们在外边,隔着栏杆。妻子说:"我和你爸都相信你,加油!"女儿说:"知道了,我会努力的。"

妻子说:"我相信你一定能考上师范大学的。"

女儿笑着说:"你教小学,我想教初中和高中的英语。"

我说:"我的女儿一定比她妈厉害。"

妻子望着我撇了撇嘴,没有说话。

女儿说:"你们没有啥事就先回吧,我去教室了。"

妻子摸了摸女儿的头说:"去吧!加油!"

时间很快进入六月,考点就在本校。女儿参加完最后一门考试后,脸色发白,我问她怎么了,女儿说:"考试时头突然痛,影响了发挥。"

我说:"最近这段时间女儿太辛苦了,也许是太累了。"

妻子说:"要不明天我们带女儿去县医院检查一下?"

我点了点头。

第二天我带女儿去县医院检查,在走廊里遇见了张曼茹,她望了我身边的妻子和女儿一眼,又望了我一眼,微微一笑:"你女儿考得如何?"我说:"还不好说。"张曼茹望着我身边的妻子说:"这位是你太太吧?"我笑着说:"是我爱人。"张曼茹向我妻子点了点头:"你好你好。"妻子笑了笑,也说了一句"你好你好"。张曼茹接着问:"你们来医院是来看病人的吗?"我说:"女儿头痛,我带她来检查一下。"张曼茹建议我们去神经内科看一下,说完她说她还要上班，就走了。

神经内科的医生对我女儿进行了问诊，又让女儿做了CT等检查。医生拿着片子说："县医院条件有限，好多先进设备都没有，感觉颅内有点儿啥，建议你们去省城大医院看看，做个核磁共振等等。"

妻子着急地说："医生，你就直说吧，我女儿到底怎么了？"

医生说："一切正常，我只是怀疑而已。"

半个多月后，高考成绩出来了，女儿分数不仅上了一本线，还超了近百分，我很高兴，女儿忍不住哭了，她是喜极而泣。

女儿第一志愿填的是陕西师范大学。填完志愿后，我和妻子带女儿去安康游玩，顺便带女儿去安康中心医院做检查。女儿最近的症状明显加重，常常感到头痛、恶心、浑身发热，整夜睡不着觉。

我们头天游玩了香溪洞，在瀛湖坐了船，第二天带女儿到中心医院做检查，结果被确诊为恶性脑肿瘤。为了确认女儿的病情，我们决定带女儿去西安。

我们先回到了县城，在三哥家住了一晚，然后第二天下午坐长途班车去西安。那时西安到安康的西康铁路还没修建，安康到西安也没有高速路，整个安康地区都没有高速路。汉阴人去西安只有两条路线，一是坐火车，从汉中和宝鸡绕道到西安，绿皮火车走得慢，还站站停，一般需要十七八个小时；二是坐班车，经过石泉和宁陕，然后翻越秦岭，大概需要九个小时。为了节省时间，大多数人选择坐班车，班车一般是下午天黑前发车，这种班车上下两层，是卧铺，躺在上面可以睡觉，天一亮就到西安了。我和妻子选择坐班车，妻子和女儿睡在上铺，我睡在下铺，躺下一会儿就睡着了，醒来时刚好天亮，发现已到了西安。

我没想到医院会人山人海，就像漩涡街上的集市一样，在排队无聊的时间有人在闲聊，他们说半夜就起来排队了，有人开玩笑说大家都是排队来送钱的，说他的朋友来这做什么大手术，花了几十万。

好不容易挂上号，然后按医生要求做了超声波、核磁共振等各种检查。医院的一纸诊断书彻底击碎了我和妻子的最后一丝幻想，女儿被确诊为恶性胶质瘤。医生说："脑胶质瘤是最常见的颅内原发性肿瘤，目前主张手术辅以放化疗的综合治疗。化疗已成为脑胶质瘤综合治疗的重要环节，但多数化疗药物常规静脉给药时，由于难以通过血脑屏障等原因，疗效欠佳。使用局部缓释的化疗药物剂型，可以保证肿瘤局部较为持久、稳定的药物浓度，同时减轻全身毒副作用。"

妻子说："医生，你能说简单一些吗？你说的这些我有点儿听不懂。"

医生推了下鼻梁上的金丝眼镜，叹了一口气说："简单说吧，这是一种罕见的恶性胶质瘤，其复发率十分高，目前根本无法根治。全世界只有美国和中国两个国家在研究这种针对恶性胶质瘤的药物，目前还没进入临床试验阶段。当然不是一点儿办法都没有，手术辅以放化疗的综合治疗，还是有希望的。不过手术需要高额的费用，最少得十多万。如果不治疗，你们女儿最多还能活半年。"

妻子愣了一下，十多万的费用，这对于一个普通的教师家庭无疑是个天文数字，但我们又不能眼睁睁看着可爱的女儿就这样离开，妻子坚定地说："医生，求求你救救我女儿！就是倾家荡产我们也要挽救我女儿的生命!"

我跟着说:"对,砸锅卖铁我也要给我女儿看病!"

医生说:"不过我要告诉你们的是,这个胶质瘤就像韭菜一样,就算你把它割了,过一段时间它还会长起来……"

妻子说:"长起来继续割,我就不信把它割不完。"

医生摇了摇头说:"那就先办住院手续和交钱吧,我们还要做进一步检查,等待做手术通知吧。"

我们运气好,刚好有病人出院了,否则我们没有床位。

女儿问:"爸妈,我到底得了啥病?"

妻子忍住泪水笑了笑说:"没啥,小毛病,住院观察一下,做个小手术就好了。"

我和妻子已商量好了,先瞒住女儿,不把真相告诉给她。我伸出小指头说:"头上长了一点点小东西,割了就好了。"

妻子留下来在病房陪女儿,我立即坐班车回汉阴,我要回家四处借钱。坐在班车上,一路上我都是精神恍惚的,想着女儿的病,我想哭。我第一次知道了钱的重要性,我向谁借钱呢?以前我对钱是鄙视的,视金钱如粪土,物质所能带来的快乐终归是有限的,只有精神的快乐才有可能是无限的。金钱只能带来有限的快乐,却可能带来无限的烦恼。现在我明白了钱的重要性,钱意味着活命,意味着过最基本的人的生活。因为没有钱,多少人有病不能治,被本来可以治好的病夺去了生命。因为没有钱,多少孩子上不起学,早早辍学。

我在恍惚中回到了县城,我来到了三哥家,向三哥说明了女儿的病情,希望能借点钱。三哥说:"需要多少?就算你嫂子不同意把钱拿出来,我也要想办法给你借。"我心里非常感动,犹豫了半天说:"借我一万。"三哥说:"好,我知道了。"

我立即告辞,朝车站走去,我要回磨子沟。

母亲见我一个人回来了,非常诧异地问:"怎么你一个人回来了?"

我想扑进母亲怀里哭一场,我忍住了泪水,把女儿的病情告诉了她。母亲坐在那里发呆了半天,她的眼中有泪花,她说:"没事,砸锅卖铁我们也要给孙女看病。"

我默默无语。

我去了大嫂家,连饭都没顾上吃,没心情吃,也没感觉到饿。大哥走后,大嫂一下老了许多,三个儿子都在外打工,她在家照顾孙子孙女们。大嫂责怪三个儿子没有朝家里邮寄钱,本来我想开口提借钱的事,话到嘴边忍住了,我站起来走了。我又去了大伯和刘辉佳家,说了我女儿的情况,他们当场表示明天去漩涡街上的银行取钱。我心里非常感动,又去了几家平时关系不错的人家,有的委婉拒绝了,有的当场掏出几百元塞给我,让我给女儿买点营养补品。

第二天,母亲给我塞了几千元。我问她钱是从哪里来的,母亲说:"都是平常你们给的零用钱,没舍得用,一点一点攒起来的。"后来,我到猪圈一看,圈里的两头大肥猪不见了,粮仓也空了,我知道母亲把猪和粮食都卖了。

大伯和刘辉佳一大早就去了漩涡街上把钱取了出来,满头大汗跑来给我送钱,钱捂在他们身上,还是热的,我的心一下也热了。大姐和小妹知道我的情况后,也主动跑来给我送钱,让我要坚强。

我带了几件换洗的衣服,准备去漩涡街上坐班车去县城。大嫂满头大汗匆匆赶了过来，塞给我两百元钱说："我刚知道消息，卖了粮食才凑够两百元，别嫌少，给肖雨买点补品。"钱是一大把，大多是十元、五元和一元的，我说啥也不要，大嫂生气了："不是给你的，我这是给肖雨的。"我只好收下了，说了一句感谢。

母亲突然说："我跟你一块去吧？"

我说："你在家看门吧，再说你去了也帮不上什么忙。"

大嫂接着说："妈，说句不好听的话，你去了只会添乱。"

我说："妈，你就在家等我们回来吧。"

母亲泪水流了出来，点了点头。

我马不停蹄赶到县城，三哥给我准备好了两万，他多准备了一万。他把信封塞给了我，没告诉我这钱是怎么来的。我匆匆吃了一口饭，三哥把我送到车站，小声叮嘱我注意小偷，他说车站小偷多。后来我才知道，这钱是三哥瞒着三嫂借的，三嫂后来知道了，跟三哥大吵大闹，两人闹到差点儿离了婚。

三哥把我送上车，目送车慢慢走远，他才离开。

躺在卧铺上，我把包放在身边，包里装了近十万元钱，这可是女儿救命的钱，我不敢闭眼，生怕发生意外。最后我把包当成枕头才小心翼翼睡了一会儿。

到西安时天还没亮，也没有公交车，出租车倒不少，但我嫌贵，准备走路去医院。车站离医院有十多里路程，对于一个整天走山路的我来说，这点路程根本算不了什么。

我赶到医院时，天已大亮，街上人也越来越多了，一辆又一辆公交车在城市穿梭。见到妻子和女儿那一刻，我才彻底松了一口气。

妻子说:"你终于回来了,医院催交钱呢。医生说女儿身体状况很好,随时都可手术。"

"我现在就去交钱。"

交完钱,我回到病房,从包里拿出母亲买的炕炕馍、豆腐干和三哥买的核桃让女儿吃。女儿说:"我们什么时候出院?"

我笑着说:"很快,做完小手术我们就回家。"

女儿说:"也不知道我能不能被师范大学录取,我真的好想当老师。"

我说:"估计通知书在路上呢。"

女儿笑了。

女儿的笑容很好看,我转过身偷偷抹了抹泪水。

这时医生通知我明天上午可以手术,但要先去办公室签字。我和妻子看了看医院的手术同意单,上面写着如果手术中出现各种意外,医院不负有责任。看着这一条,吓得我有点不敢签字。妻子咬了咬牙说:"签吧。"我拿过笔,手颤抖得很厉害,我签了字,字歪歪扭扭,我都怀疑是自己写的字。

手术前医生又做了检查,还把女儿头发剃光了,妻子把女儿的长头发悄悄藏了起来。

女儿被推进手术室的那一刻,我和妻子的心就像琴弦一样紧紧绷了起来,感觉轻轻一碰就要断了。我们忐忑不安地在门外转悠,谁也不说话。几个小时的漫长等候后,手术室的门打开,医生走了出来,妻子跑了过去问医生:"我女儿手术情况如何?"

医生轻轻叹了口气说:"手术还好,基本还算成功。"

我想冲进去看女儿,医生拦住了:"不能进,还要送重症监护室。"

女儿被送进了重症监护室,我们只能通过一个圆孔默默看看,女儿躺在床上一动不动。

我们回到女儿的床位,床位上放着一把吉他,我和妻子默默坐在床上。这间房子共四个床位,一号床位已出院了,又来了新人,是从山西来的,是对老年夫妇。二号床位是从四川来的,病人是位小女孩,据说得了白血病。三号床位病人是位中年妇女,好像也是得了什么癌症。三号床位的那位女人悄悄对我妻子说,一号床位的那位小伙子死了。妻子在发呆,没有反应,我应了一声。女人接着说,小伙子临终前说要把吉他送你女儿,他的家人离开医院时让我把它转交给你女儿。那个小伙子我见过,戴着眼镜,跟我女儿年纪差不多大,他的吉他弹得非常好听,女儿也喜欢吉他,还用他的吉他弹了一曲《世上只有妈妈好》。望着吉他,我的心里充满了感动,有种想哭的感觉。

手术后,效果并不十分理想,看着女儿躺在病床上一天天地消瘦,我和妻子常躲在一边悄悄抹泪。脑颅手术后还得放疗和化疗,化疗平均一周一次,放疗一月一次,化疗放疗很不舒服,尤其放疗时病人要承受极大的痛苦,十多斤重的仪器用三颗螺丝钉固定在孩子伤口还未痊愈的头上。每次放疗,我们就在一旁用双手托着,为女儿减轻一点儿重量。虽然如此,半个多小时下来,女儿浑身也早被汗水浸透,头皮上固定螺丝钉的地方也渗出了血。但懂事的女儿从不喊痛,反倒安慰起泪水涟涟的父母,把医生也感动得直抹泪。

经过漫长的放疗和化疗后,肖雨的病情渐渐稳定了下来。期间肖雨收到了大学录取通知书,我去学校找领导说明情况,为女儿办理了保留学籍的手续,等女儿病情好后再去学校。女儿出院时，学校已放假，我们打算等开学后送女儿去学校。

假期，我和妻子陪女儿再次回到风景如画的西双版纳，游遍了云南著名的景区。在女儿的要求下，我们还专门到云南大学参观，肖雨穿着一身漂亮的傣族服装在校园里留影。我们还来到了美丽的澜沧江，江水汹涌澎湃，两岸是参差不齐的大岩石。两岸景物变化多端，奇峰嶙峋，绿水青山，相互辉映，兽鸣鸟啼，醉荡芳心，丰富多彩的植物景观，珍贵稀有的动物生态，组成了一幅天然的画卷，展现了大自然的丰姿。我们比较幸运的是在蝴蝶泉遇到了一次真正的蝴蝶会，成群的蝴蝶在女儿身边飞舞，女儿的身影和蝴蝶倒映在碧绿的水面上，女儿仿佛变成了蝴蝶仙子。女儿望着这群蝴蝶说："我多么想也变成澜沧江边上的一只美丽蝴蝶！"

妻子说："你本身就是澜沧江边上的一只美丽蝴蝶！你是小蝴蝶，我是大蝴蝶！"

我和女儿都笑了。

我还为女儿在互联网上制作了一个网页，将女儿一个个开心和精彩的瞬间用数码相机记录了下来。肖雨最想做的事还是上大学，她想大学毕业后当教师。女儿如果不得病的话，现在已经是大一的学生了，原本她十八岁的生日计划好是在大学里过的。我和妻子一边流泪，一边默默支持她，无论以后发生什么事，只要肖雨的健康允许，我们都要帮女儿完成她的心愿。

女儿从西双版纳回来后，在家休息了一段时间，眼看就要开学，没想到的是她的病情再度恶化，需要立即手术。此时，这个不幸的家庭早已山穷水尽，我们不但花光了家中全部的积蓄，还欠下了三万多元债务。为了拯救女儿的生命，我把我的遭遇写信寄给了《教师报》，《教师报》的那个刘记者又来到了磨子沟。我紧紧抓住他的手不放，他是我的大恩人、大媒人，当初他的报道让我从民办教师变成了公办教师，是他启发我在他们报上刊登征婚启事，我才有机会认识万里之外的肖云秀，才能娶到这么好的媳妇。刘记者对我做了详细访问，用一个整版对我的事迹做了报道。

不久，我陆陆续续收到热心的教师给我的捐款，五十元、一百元、二百元不等，加起来大概有九千元，九千元只是杯水车薪，我和妻子怀着最后的希望，鼓足勇气敲开了漩涡区金区长的办公室。

金区长热情地接待了我们，他说："我从报上已知道你们的事迹了，让我感动不已，我会想办法的，同时我也会把你的事迹报告给县上的。"

我握着金区长的手说："太感谢了。"

金区长说："应该的。刚好我要去县上开会，我会把你的情况告诉给教育局局长和县委书记的。"

几天后，一场爱心救助行动在这个美丽的贫穷的山城接力。汉阴县委得知我们的不幸遭遇后，当天下午立即召开紧急会议，由县总工会牵头，教育、妇联、民政、卫生等部门参加，在全县开展了一次爱心救助行动。肖雨的病情和困难在县电视台播出后，一下子牵动了全县成千上万干部群众的心。县上班子领导纷纷带头捐款。肖雨的病情公布后，相识和不相识的人都主动送上一份关爱和问候。半个月后，县委书记、副书记手捧鲜花来到肖雨的病床前鼓励她，并将全县干部群众捐赠的七万六千元送到了我的手中。提起这段经历，我的眼眶不禁有些湿润。在那段日子里，许多孩子和孩子的家长也主动来看我们，两元、五元、十元、二十元、五十元、一百元往我手里塞。让我感动的是一位学生的奶奶，八十岁了，拄着拐杖，来到医院就是想看肖雨一眼，走时她硬是给我塞了二十元钱，钱虽少，但把我感动哭了。

我把女儿的病情在网上发布后，立即引起江苏医学院、西安交大医学院等专家教授的关注，为了减少手术开支，西安交大医学院的教授和汉阴院方进行协商，决定在汉阴为肖雨做第二次手术。手术前，我心里慌慌的，有点儿不踏实，我想去找张曼茹了解一下情况，走到她科室一问，才知道她已调走了，不知调到哪个医院去了。

手术这天，医学院教授带着助手风尘仆仆从西安赶来，一下车就投入紧张的手术中。手术前后七个小时顾不上吃饭和休息，下手术台时已是午夜时分。

女儿第二次手术很成功，她脸上的气色好了许多。眼下女儿的生命只能靠药物维持，仅一次放疗的费用就需要一万三千元，并且得保证她体内的白细胞不低于三点五。至今我和妻子仍向女儿隐瞒着这一残酷的病情。当现代医疗技术在疾病面前也显得苍白无力时，我和妻子用挚爱为女儿构筑起一个温馨的港湾，让她开开心心度过每一天。女儿的生命也许将在某一天消逝，因而做父母的格外珍惜和女儿在一起的时光。

陈小红突然出现在我面前，她珠光宝气，浑身散发着香水味，她扔给我一个信封，说："得知你女儿肖雨生病了，我特从北京赶来，一点儿小意思，卡上有十万，给肖雨看病。钱不够，我再给你。"

我推开信封说："谢谢你的好意，钱够了。"

陈小红生气地说："别人的钱你能收，我的钱怎么了？我告诉你，我的钱是干净的，要不是看在我们是发小的份上，我才懒得管呢。"

陈小红把话说到这个份上，我只好把卡收下了。

"要不去北京看吧？我在北京给你联系全国最好的医生。"陈小红说。

"谢谢，真的不用了。"我本来想说女儿得的这种病，目前全世界都还没药物，仅有两个国家在研究，话到嘴边忍住了。

第二天，我被请到县委参加一个会议，我没想到，陈小红也坐在主席台上，听说陈小红已是县委书记的座上宾了，她不仅帮县上领导招商引资，还自己在县上投资建厂。

主持人喊到了我的名字，我懵懵懂懂地走上台，主持人说陈小红董事长为汉阴县教师刘建国捐款十万元。陈小红面带微笑走了过来，把一张大大的支票递给我，上面醒目地写着十万元。我拿着支票，台下记者咔咔拍照。

我心里很生气，陈小红看了出来，在我身边小声说："怪我提前没告诉你？我知道你的脾气，如果我提前告诉你，你说啥也不会接受我的好意的。"

我鼻子哼了一声。

陈小红小声说："请配合记者照相，笑一点儿。"

我笑了，估计很难看。

陈小红要的是名，她通过报纸和电视台告诉世人们，她给我捐款了十万元，她是一位富有爱心的民营企业家。而我的伤口再次被揭开，我心里很不高兴，但看在钱的份上，我只好忍了。

十九

女儿走的那天黄昏,在我眼中是个血色黄昏。

女儿躺在病床上,她通过花儿草儿、风声鸟叫已感受到了春天的气息,听到了春天的脚步。一次又一次的化疗,女儿身体日渐消瘦,脸色苍白,说话也是软弱无力。这段时间我和妻子轮流照顾着她,有时看着躺在床上的女儿,我心如刀割,但面对女儿时我们总是面带微笑,告诉她很快就会出院。

女儿突然指了指身旁的吉他,这把吉他是上次那个小伙子走后留给她的。妻子扶起女儿,我把吉他递给了女儿,女儿抱着吉他感觉很吃力。女儿微微一笑,弹了一曲《感谢》,"感谢父母给了我生命,感谢亲人陪我成长,感谢世界,感谢好心人……"

女儿弹完后已是满头大汗,妻子心疼地掏出手帕擦了擦女儿额头的汗。

女儿有气无力地说:"我想吃冰激凌。"

我说:"现在哪有冰激凌?"

妻子说:"去买啊!"

夕阳把小城染得血红,山边的云彩,不时变换颜色,充满着梦幻色彩,最后云彩全变成了红色,如红色的河流在天边流动。一会儿,红色的云彩消失了,太阳也沉入了山坳。

夜幕笼罩着小城。

我跑了好几家商店,都没有买到冰激凌。终于找到一家,有女儿喜欢吃的巧克力口味的那种，我迫不及待地付了钱，拿着冰激凌朝医院跑去。

推开病房的门，我看到妻子扑在女儿身上在哭泣。

我呼唤女儿的名字，我说我把冰激凌买回来了。女儿没有反应，妻子望了我一眼，泪水汪汪，充满着无限的忧伤和痛苦。我感觉到了情况不好，放下冰激凌，去握女儿的手，女儿的手冰冷。去摸女儿的脸，也是冰冷的。

"快去叫医生。"我吼道。

"医生来了，都走了。"妻子有气无力地说。

我捧着女儿的脸，亲了一下。女儿就这样悄然地走了，她要吃的冰激凌还没吃上就走了。我还有好多话，还没来得及诉说，连她最后一面都没有见上……

我紧紧抱着女儿，泪水涟涟。

女儿火化后，我仿佛变了一个人似的，开始变得沉默寡言。女儿的骨灰我们悄悄放在屋里，每天我望着骨灰盒都要发一会儿呆，女儿的音容笑貌在我眼前不停出现，女儿一米六的个子，转眼消失了，就剩下这么一点点骨灰。母亲提议把女儿安葬在刘家的祖坟里，但妻子说女儿生前的愿望是想变成澜沧江的一只蝴蝶，何况西双版纳也是妻子出生的地方，妻子想把女儿葬在西双版纳的澜沧江边，让她随时都可以看到蝴蝶，所以女儿安葬的问题暂时被搁置了下来。

女儿的离去，对我和妻子的打击很大，可以说是致命的打击。妻子精神彻底垮了，目光呆滞，常常半夜醒来，说她梦见女儿了，看见女儿回来，她要去开门迎接女儿回家。

好在教育局给我们特批了假，我决定带妻子散散心，顺便把女儿送回西双版纳。

妻子的父母早就去世了,妻子的几个姐姐接待了我们。几个姐姐安慰了我和妻子一番,大姐说:"既然把肖雨带了回来,何不把她的骨灰撒到澜沧江中,也许来世她真的会变成一只蝴蝶!"

我觉得大姐的话说得有点道理,女儿喜欢澜沧江,喜欢澜沧江的蝴蝶,我们也打算把女儿的骨灰撒到澜沧江中,让蝴蝶永远陪伴着女儿。天堂里一定有女儿喜欢的蝴蝶。

我捧着女儿的骨灰来到了澜沧江,江边起风了,妻子的头发飘了起来。

我和妻子站在江边的石滩上,这一片水很平静。水面上倒映着山和树木,夕阳从山头慢慢升了起来,江面变红了。我望了望太阳,打开骨灰盒,小心翼翼地抓了一把。我闭上眼睛,感觉抓住了女儿的柔软的手臂,女儿的音容笑貌在我面前出现。我睁开眼,一行泪从我眼角滚了出来,我轻轻一扬,骨灰随着微风飘进了江里。

妻子也抓了一把,撒进了江里,妻子哭着说:"女儿啊,一路走好!"

我说:"女儿放心走吧,每年我和你妈都会来看你的。天堂里有蝴蝶陪你,你不会寂寞的。"

站在旁边的大姐唱起了傣家人的《哭别歌》:

让我们端起葫芦,
倒出清净圣洁的水,
像两行滚滚的泪珠,

一滴滴渗进悲哀的土地。
……

妻子跟着也唱了起来。歌声在江面上、在山谷里回荡。我们四周突然飞满了蝴蝶，它们似乎是来迎接我女儿的。那一刻我跪了下来，双手合十，祈祷女儿一路走好！

安葬完女儿后，我们决定回磨子沟，安安心心地教书，女儿生病这段时间，我们耽误的时间太多了，感觉有点儿对不起学生们。

回到磨子沟后，妻子全心全意扑在学生身上。同时我发现妻子的身体也不如从前了，精神状态很不好，我经常发现妻子半夜起来在校园转悠，或者拿出女儿的照片一边看一边流泪……女儿在这间屋里陪伴了我们多年，她用过的东西还在，睡过的小床也在，这间屋里充满了女儿的身影，我们感觉女儿从没离去，女儿一直陪伴在我们身边。感觉女儿上大学去了，很快就会回到这个房间。

妻子终于病倒了，我劝她去医院，她说："感冒了，多睡几天就好了。"

一天，我半夜醒来，发现妻子坐在床头拿着女儿的照片在看，她的眼角有泪。

我说："我刚做了一个梦，梦见女儿了。"

妻子说："我也做了一个梦，梦见女儿被水怪追赶，我就惊醒了。你梦见了啥？"

我说："我梦见女儿当上教师了，她站在讲台上讲课，我坐在台下，感觉非常幸福。"

妻子笑了。这些日子来，妻子一直哭丧着脸，我终于见她笑了。

妻子开始咳嗽，一声比一声大。我起来给她倒了一点儿水，找来了感冒药。

妻子说："也不知道为啥，站在校园，我总感觉女儿就在身边。我的精神老是分散，女儿用过的一切，都让我想起她，比如她坐过的课桌，看过的书，穿过的衣服，睡过的床，甚至用过的碗筷……这一切一切都让我分心，我是不是心理有问题了？不会得了抑郁症吧？"

我叹了一口气说："其实这很正常，我也经常想女儿。"

妻子说："想来想去，我也不想害了我的学生们，我想离开磨子沟，回到西双版纳陪伴女儿。"

妻子现在的状态确实让人担忧，也许她真的需要换一个环境了。我犹豫了半天说："你想把工作调到西双版纳，在那边教书吗？"

妻子说："上次二姐就劝我回去，她说只要我们愿意回去，她就有办法把我们工作联系好。你愿意跟我一块儿走吗？你可是说过，一辈子无论生生死死都要陪在我身边。"

我说："我虽然舍不得磨子沟，但为了妻子和女儿，我愿意陪你浪迹天涯。"

妻子笑了："好。"

二姐很快帮我们联系好了学校，我和妻子的调动申请也批了下来，很快我们就办理了调动手续。

走的时候，我们几乎是悄悄的，没有声张，只是告诉了母亲一声。母亲是位通情达理的人，她虽然舍不得我们离开，但我们做出了决定，她还是支持的。

母亲依依不舍地把我们送到谷口。母亲的头上白发又添了不少，在风中很凌乱。

走了好远，我回头一望，母亲还在那里张望，如雕塑一样。母亲站在这里送过我父亲，送过我大哥，送过我四哥，送过我六弟，如今他们都已先后离去，我不知道母亲此刻是如何想的，反正我的心里很难受。我不知道下次回来时，母亲是否健在。我不敢再回头，加快了脚步，迎着夕阳，顺着汉江，朝漩涡街走去。

当我们坐上班车时，我发现一群我们学校的学生排着整齐的队伍，向我们敬着少先队礼。也不知道他们是如何得知我们今天将要离开磨子沟，他们都赶来送我们。

班车启动了，我和妻子也向他们回敬着少先队礼。我和妻子眼角都挂着泪水。

我和妻子风尘仆仆来到了西双版纳，我们又在同一所初中教书。

西双版纳是一块热带雨林，雨林里生活着以傣族为主的众多少数民族。傣族居住傣楼，崇尚自然。每个寨子都有恢宏庄严的佛寺、白塔。婚姻讲究姑娘不出门，姑爷进傣楼，家庭关系民主平等。面对宁静和谐、与世无争的雨林傣楼以及四季如夏的热带生活，我总结似的对妻子说："前半生你陪我在磨子沟受了二十年冻，后半生我陪你在热带雨林做傣家姑爷吧，这正好应了傣家人的民主与平等。"

妻子笑了，说："这些都是你欠我的。"

我说："做人要知恩感恩，西双版纳能接纳我和妻子，我就要尽力做个合格的傣家姑爷，就要为傣乡尽一份力。"

傣乡的基础教育实施"双语"教学，即傣语与汉语教学，这样不懂一句傣语的我便成了学校里顶呱呱的汉语教师。傣乡沿袭着母系社会的生活方式，其特点是女性养家，男人只做自己喜欢做的事情。入乡随俗，我放下自己本来就一窍不通的傣家事务，一头扎进了我一直追求的语文教学与写作中去。

　　20世纪80年代，我就是《教师报》《当代中学生》的通讯员。来到傣乡，满眼都是新鲜事，我白天专心教学，晚上伏案写作。随着一篇篇稿件的相继发表，我成了云南教育报刊社的熟人。云南教育报刊社在西双版纳设记者站，我被指定为站长。

　　西双版纳傣族自治州政府举办庆祝改革开放三十周年征文，我把自己从教三十年经历写成《讲台上的三十年》，用一滴水折射太阳的光辉，以自己的教学生涯反映三十年教育的发展，获州政府征文大奖。云南省委开展"读一本好书"活动，我撰写的《沐浴在真爱长歌中》获读书比赛奖。

　　云南进入高中新课改后，为了推进新课改，学校派我赴昆明学习，到海南考察，去邻近地州学访，聆听上海、宁夏、山东、江西等地专家的报告，最终形成独具傣乡特色的高效课堂模式以及多篇论文。为了对学生进行亲情教育，我组织师生开展体验亲情、感悟亲情、撰写亲情的系列亲情教育活动，最终出版了作为校本教材的《亲情集》。

　　中国中学生作文大赛是一项覆盖港澳台的权威性中学生年度写作大赛，作为省级评委、学校辅导教师，我年年组织学生参赛，年年有学生获奖。我还带着自己的得意门生——一位哈尼族姑娘去南京参加全国决赛，一举夺得中国中学生作文大赛一等奖。当年暑假，我在全省同行中做了经验介绍。不久，我带着一位喜欢演讲的白族姑娘去春城演讲，获得云南省中学生演讲一等奖。同年，我指导学生参加全国读书征文比赛，师生双双喜获教育部嘉奖。同时我帮少数民族学生把一篇篇稚嫩的习作雪片似的发表在云南教育报刊社的《学生新报》上，在当地少数民族学生中产生了良好的影响。

我所在的傣族自治州第一中学是西双版纳的龙头学校，曾有国际学校的称谓，其教学设备与教育质量在民族区域自治地区遥遥领先，因此它承担着对周边县市学校对口帮扶的任务。说是周边学校，实际路程是很遥远的，但在山里长大的我最喜欢的是山民，最习惯的是山路，更何况对这里的一切都充满了好奇。我想多走多看，积累生活，增长见识，对支教与帮扶工作总是乐此不疲，也因此受到了省教育厅的表彰。

我和妻子拼命工作不仅是为了荣誉，还是为了让繁忙的工作占满我们头脑，因为脑子一闲下来就会不由自主地想起陕南老家，想起磨子沟，想起失去的女儿。初到西双版纳，想女儿了我就默默地坐在澜沧江边望着江水发呆。时间长了，再想女儿我就跳下江去，让冰冷的江水刺激因思念而疼痛的大脑。

澜沧江发源于唐古拉山，流经青藏高原，千年积雪融化为江水，铸就了澜沧江的刺骨与清寒。傣族群众常年生活在蒸笼般的热带雨林里，恰遇清凉的澜沧江穿林而过，对澜沧江顶礼膜拜，视为神江。

久而久之，我融进了澜沧江，融入了傣乡。每天去游澜沧江，总有人向我打招呼："老波涛，赞丽（你好）！"新大桥下的激流中，我冒着生命危险救出了落水者，大桥上下一片掌声；平时有人往江中扔垃圾，我会大声呵斥。一台相机一支笔，沿江两岸，我写下了一百多篇饱含深情的诗文。

其实，内心深处，我永远惦记着的还是磨子沟。我在傣乡公众场合多次播放《秦岭最美是安康》的宣传片，除夕时我提笔撰文，投书《安康日报》，表达对故乡的思念："鞭炮声里，我又想起了陕南那座为我女儿献过爱心的小县城，想起了磨子沟我的学生和亲人……每当心里憋屈时，我就会想起美丽的磨子沟，想起汉阴的亲朋好友；每当遇到困难与挫折，我就提醒自己：挺起来，不能丢了汉阴人的脸！"

不知不觉，我来西双版纳三年了。周末，我和妻子常去澜沧江边散步，用妻子的话说是为了陪伴女儿。

那天，妻子在江边陪女儿说了很多话，妻子不停咳嗽，我发现妻子头上又添了不少白发。最近妻子一直食欲不振，恶心，呕吐，我扶起妻子时，她手按在肚子上，目光呆滞，苍老了许多。

我问："怎么了？"

妻子说："胃疼又发作了。"

我说："今天有时间，要不去医院检查一下吧。"

妻子说："算了吧。"

过了一会儿，妻子又说："假若哪天我死了，希望你把我的骨灰也撒在澜沧江里，我要陪女儿。"

我说："呸呸呸，乌鸦嘴！"

妻子说："我是认真的！"

直到几个月后，妻子突然晕倒在讲台上……

妻子走得太匆忙了，连一句告别的话都没来得及给我说。在整理妻子遗物时，我发现了一份医院的诊断书，癌症晚期。原来，妻子在工作调动时就已知道了自己的病情，她隐瞒了所有人，不想添麻烦，她想多陪陪女儿。她知道自己的日子不多了，知道花一大笔钱去看病，也只能是白花钱，何况家里没有积蓄，女儿的一场病，花光了家里所有钱，还欠了不少外债。妻子只想把更多的时间留给学生们，她只想能有更多的时间陪陪学生们，陪陪自己的女儿。

我把妻子的骨灰撒在了澜沧江里，在骨灰纷纷扬扬落下的瞬间，我仿佛看见了女儿，看见了妻子，她们拥抱在一起，说说笑笑，那一刻，我泪水涟涟。那一刻，我看见江边上有两只漂亮的蝴蝶在飞舞，一大一小。我想起了妻子跟女儿的对话，女儿说："我多么想也变成澜沧江边上的一只美丽蝴蝶！"妻子说："你本身就是澜沧江边上的一只美丽蝴蝶！你是小蝴蝶，我是大蝴蝶！"望着两只漂亮的蝴蝶，我甚至开始怀疑，它们会不会就是妻子和我女儿的化身？

我目不转睛地望着这两只蝴蝶，直到它们飞远了。

二十

人生是条无名河，是深是浅都得过。

妻子和女儿都走了，生活还得继续。

每天我被孤独寂寞和思念缠绕着，"故乡"这两字如千斤巨石压迫着我，让我每天晚上都有种窒息的感觉，母亲的背影也越来越清晰，当初是那么迫切地要离开磨子沟，如今又是那么迫切地想要回到磨子沟。

思前想后,我的内心矛盾了很久,我想留下来陪伴妻子和女儿,可我每天生活得并不快乐,如果她们地下有灵,也不希望我不快乐,也不希望我每天生活在痛苦中。直到接到母亲的电话,我才下定了决心要回老家磨子沟。

电话是侄儿打来的,他说奶奶最近身体一直不好,也许母亲的时间也不多了,她想见我。那一刻,回家的愿望非常迫切,工作调动有关手续很快办了下来。踏上火车,我苦笑了一下,绕了一圈,我又将回到磨子沟。

我风尘仆仆回到磨子沟,眼皮不停跳动,我加快了脚步。磨子沟很安静,家家都关着门,现在年轻人都出门打工去了,家里剩下的大多是老年人和小孩。三年没回家了,磨子沟没啥变化,唯一变化的是黑牛家的房屋推倒重修了,修成了三层的豪华别墅,尖尖的屋顶,绛红色的屋顶瓦在阳光的照射下格外醒目。外墙贴着好看的瓷砖,门前有两个大石狮子,还有两根大理石柱,石柱上盘绕着两条龙。院子很大,有花园和草坪,窗户外有空调压缩机,房顶上架着太阳能。

鞭炮响了起来,是我家的方向。磨子沟一般是新女婿上门、过寿和死了人才放鞭炮,我有种不祥的预感。按说我家没有新女婿上门,也没人过寿,难道是我母亲?我跑了起来,腿有点儿发软。

门是开着的,院子里围了很多人,地上落了一层红色的鞭炮纸屑,看来我回来晚了一步,一定是母亲走了。我无法接受这个现实,差点儿晕倒,我听见了屋里有哭泣声。我跑了进去,大嫂说:"你终于回来了,娘刚才一直念叨你的名字,可惜她现在走了。

我们把棺材都准备好了,老衣也给她穿上了。"

我手上的包一下掉在地上,我扑在母亲的身上,大声哭了起来:"娘,我回来晚了,我对不起您老人家!"

大嫂说:"娘去坡上捡柴,摔了一跤,然后就卧床不起,没想到娘走得这么快。"

我像个小孩一样拼命地摇着母亲的身体:"娘,你醒醒!我是五狗!"

母亲的手动了一下。

我依然不停地摇着母亲的身体。

突然母亲咳嗽一声,坐了起来,木然地望着大家。大嫂和侄儿侄女们吓得转身朝门外跑。

我紧紧握着母亲的手,母亲的手不像刚才那么冰冷了,有一<u>丝丝温暖</u>。

母亲说:"他们这是怎么了?"母亲望着身边的棺材,看了看自己的老衣,她什么都明白了。母亲接着笑着说:"我刚睡了一会儿,一不小心走到鬼门关,听到五狗在喊我,阎王爷不肯收我,把我赶了出来。"

我摸着母亲的手说:"娘,你可吓死我了,我还以为再也见不到你了呢!"

母亲一直想见我,保留着最后一丝气就是为了看我最后一眼,没想到母亲见到我后,似乎病一下好了一半,她笑着说:"放心吧!我死不了!"

在门口张望的大嫂走了过来,小心翼翼战战兢兢地说:"娘,你醒了!"

母亲对大嫂说:"我饿了,去给我打碗荷包蛋,多弄几个鸡蛋,给五狗也弄一碗。"

大嫂应了一声,朝灶房去了。

母亲开始跟我拉家常,问了我现在的情况,对于我妻子和女儿的死,母亲也非常痛心,安慰我万事想开就好,让我以后遇到合适的就再找一个伴。我说:"我一把年纪了,不打算找了。"母亲叹了一口气:"好人命不长,坏人活千年。"我知道母亲嘴里所说的坏人就是陈大头、黑牛、黄万鹏。

大嫂把荷包蛋端来递给母亲,母亲让我先吃,我让母亲先吃。大嫂说:"还有一碗,我去给五狗端来。"也许母亲太饿了,一口气吃了五个荷包蛋。我把我的荷包蛋夹给母亲,母亲笑着说:"吃饱了,不要了。你吃吧,记得小时候你最爱吃荷包蛋,每次看见你大伯吃荷包蛋就流口水。"

我笑了笑,记得小时候母亲请大伯来给我们烧胎,每次烧完,母亲就给弄一碗荷包蛋表示感谢。那时,鸡蛋很金贵,家里的油盐就靠这些鸡蛋换。

母亲吃完荷包蛋,想下床活动一下身体。我放下碗,想去扶母亲到院子里散步,突然我站立不稳,碗掉在地上,感觉房子在动,灯泡在晃动,墙上突然出现了裂纹,在慢慢扩散,房顶的瓦片啪啪朝下掉。我不知道是怎么回事,站在那里发蒙。

"地震了,快跑!"三哥见多识广,大声喊道。

我抱住母亲朝外跑,人们鬼哭狼嚎地朝外跑。

我把母亲放在宽阔的一块儿平地上,一会儿磨子沟的人都跑了出来。我四周看了看,几家土墙房子已倒了,看了看我家的房屋,还在,只是墙壁开裂了。

我看见了黄牛,他在组织老人和儿童朝安全的地方跑,好多人都跑到了马路上。我跑到黄牛跟前说:"队长,也不知道倒塌的土房屋里有没有人?"黄牛满头大汗开始清点人数,然后说道:"少了吴老四,他的儿子在外打工,他一个人住。"

黄牛说:"老人和小孩留下,其他人跟我走。"

人们扛着铁铲和锄子朝吴老四家赶去。三哥着急地问我:"也不知道县城情况如何?你嫂子和孩子不会有事吧?"我说:"你不是有手机吗,打电话问问。"三哥说:"急死人了,电话打不出去了。我真想现在就回县城。"我说:"现在救人要紧,走吧。"

我们挖开土墙,发现了鞋子,怕伤着人,我们只能用手刨。吴老四被埋在里屋,等我们把他弄出来时,他已死了。

我突然想起了磨子沟的小学,五月十二日应该是星期一,那么发生地震那一刻学生应该都在教室里。我拉着三哥的手说:"跟我走,快!"

我和三哥朝学校飞奔而去。教室已倒塌了一间,操场上聚集了一群学生,哭声一片,学校已换了老师,原先的民办教师也辞退了。我问一个老师:"有学生受伤没?"一个老师说:"有,受伤了几个。"我说:"快送他们去医院。"女老师说:"我们人手不够,还有几个学生埋在下面呢。"顺着她的手指望去,我看见一个男老师在搬砖块和木头,我走过去帮忙。他一回头,原来是王老师,我走后,王老师回到磨子沟接替了我。王老师望着我一笑:"你怎么回来了?来得正好,搭把手,下面还埋了两个学生。"

我和三哥搬动了一下一块大砖块,但几十块砖被水泥粘连在一起的,没搬动,好在下面有根木头形成一个小三角,两个学生就困在这里。三哥看了一下地形说:"没事,应该能把他们救出来。"我们一点一点刨出一个小洞,三哥把水给他们递了进去,让他们不要担心，大家很快就会把他们救出来。这时村民都赶了过来，三哥在这方面很有经验，他指挥大家齐心协力，终于把这些砖块和木头移开了，顺利把他们救了出来，虽然他们受了惊吓，但没有生命危险。

金区长在第一时间也赶来了，他还带了几名医生。他了解了一下伤情，让医生为受伤学生做了简单包扎，对一些重伤学生立即让人组织担架把他们送到镇上医院。

三哥跟金区长打了一声招呼，三哥说想现在回县城，金区长说公路塌方，班车暂时过不去了。

三哥着急地问："县城现在情况如何？"

金区长叹了一口气说："电话不通，具体情况我还不太清楚。不管怎样，现在首要任务还是救人。"

三哥说："听说你高升了，被调到县上城建局当局长，怎么你还没去赴任？"

金区长说："有事耽误了几天，没想到发生了地震，现在救人是大事，晚去几天没事。"

三哥说："你当官百姓最喜欢，老百姓一定舍不得你走吧？"

金区长笑着说："可不是吗，漩涡的老百姓都舍不得我走，否则我早就走了。好了，不跟你说了，我还要去别的地方看看。"

三哥说："好吧，你先忙你的。我现在必须要回县城，就是走路我也要回去，县上还有好多事等着我呢。"

三哥转身就走了，我看见张娟娟追了上去，递给三哥一些干粮，让他路上注意安全。望着三哥和张娟娟的背影，我不由得为他们惋惜，这么般配的一对恋人却没能走在一起。

当天晚上我从电视新闻里得知，四川汶川发生了大地震，山体滑坡和堰塞湖造成道路中断，武警官兵正在抢修道路奔赴汶川。根据中国地震局的数据，此次地震破坏地区超过十万平方公里，地震烈度可能达到十一级，地震波及大半个中国及多个亚洲国家和地区。

磨子沟的人们晚上不敢住在屋里，大多睡在外边，因为不时还有余震发生。

第二天，我又从电视里得知，四川某某学校倒塌，几万名武警官兵、消防官兵和救援队正在废墟里抢救学生。

我也想去汶川做点自己的贡献，哪怕做个志愿者，我把我的想法告诉给了母亲，母亲说："汶川离我们这里这么远，你怎么去？再说磨子沟灾情也不轻，倒塌房屋几十间，特别是学校这次也倒塌了，学校重建也需要你。"

我想了想，母亲说得也有道理。我去漩涡街上医院看望住院的几个学生。街上有献血车，他们说汶川受伤的市民现在需要大量的血，血库已告急。我排上队，献了血。

我来到医院，看望了受伤的学生，刚好金区长也在，他在吩咐医生一定要竭尽全力抢救这些学生。金区长是一位好区长，没有一点儿官架子，为带领村民致富，他经常跟他们一起同吃同住同劳动。去年磨子沟发生了泥石流，他一直奋斗在最前线，他老丈人去世他都没有赶回去参加葬礼。

我每天都在关注着汶川大地震的后续情况，我的心里非常难过，为那些失去亲人的人惋惜，恨不得自己长出一双翅膀，飞到汶川，跟武警官兵一块去抢救那些被埋在废墟里的人。我在电视画面上看到一个熟悉的身影，镜头虽然一闪而过，我还是认出了她是张曼茹，她也去了汶川。我心里非常惊讶，又为她担忧起来，汶川每天余震不断,吃不好睡不好,她的身体吃得消吗?

国内外社会各界开始捐赠款物,漩涡街上也设了捐赠点,我把身上仅有的五百元也捐了。

磨子沟倒塌的学校很快重新修建了起来,倒塌的房屋在政府出资下也很快重新修建了起来。

我回到了学校教书,原先我是这所学校的校长,再回到学校时我只是一个普通的教师,我没有一点怨言,岁月不饶人,毕竟我也老了,再坚持几年就该退休了。

三哥说:"你知道吗,磨子沟的那个陈小红,现在发大财了,身价几十亿,县委书记都开始巴结她呢。这次四川汶川大地震,她捐了一千万。我们县上也受灾了,她也捐了五百万。"

"知道。"我岔开话题说,"对了,我在电视上还看见了张曼茹,镜头虽然闪了一下,我还是认出了是她。"

三哥说:"就是原县医院的那个张曼茹?"

我点了点头。

三哥说:"她调走后去了安康中心医院,这次地震后,市武装部迅即组建了有一百一十一人参加的民兵应急分队,被困的受灾群众见到了他们便是看到了生的希望,张曼茹就是这支队伍中唯一的女医务人员,是她自己主动申请的,在重灾区救援了二十个日夜。她既是一名刚毅的救援民兵应急队员,更是一名坚强的白衣战士。她不仅救治伤员还接生,在简陋的军用吉普车中平安迎来了新生命的诞生。可惜在这次抢险中她牺牲了,听说她在抢救一位刚救出的小学生时,余震发生了,一块石头滚了下来,她用自己的身体保护住了这位小学生。"

我大吃一惊,心里顿时既惋惜又对她肃然起敬,在我心目中,张曼茹是一位了不起的英雄。在这次地震中还有一位女老师让我也肃然起敬,地震发生时,她正在疏散学生离开教室,看到有两个学生手足无措,她大步跑过去,一手搂住一个,朝门外冲。教学楼突然垮塌,她和几名学生被埋在废墟中。废墟中,她的双手仍紧紧拥着两个学生!人们怎么掰,也无法掰开她紧紧搂住学生的双手!我记住了这位老师的名字,她叫向倩。

想想这些在地震中死去的同胞们,想想他们的亲人是多么伤心,由他们我又想到了我的妻子和女儿,我的泪水滚了出来。

"你怎么哭了?"三哥问。

我抹了抹泪水说:"别说这些伤心的事了,喝酒!只要有爱,就有明天!"

二十一

二〇〇八年八月八日晚八时,举世瞩目的第二十九届奥林匹克运动会开幕式在国家体育场"鸟巢"隆重举行。

我坐在电视机前正在聚精会神观看开幕式,打工回来的山虎神神秘秘小声告诉我:"孙水秀回来了。"我说:"别胡说,她不是早死了吗?"山虎说:"我亲眼看见她了,她回漩涡了。"我站了起来,大声说:"真的?带我去看看。"

母亲站了起来问:"发生了什么事?"

我怕母亲突然激动,对她心脏不好,我先稳住她,说:"没啥事,一点小事。"

我和山虎大步流星朝漩涡街上奔去。

我们来到孙家,我看见一个瘦瘦的女人,目光有点痴呆,头发都白了,我感觉她就是孙水秀,二十多年没见了,她的模样改变了很多,就在我不敢确认时,山虎说:"她就是孙水秀。"

我喊了一声:"孙水秀。"

她答应了一声,没想到她认出了我,喊了一声我的名字。我激动不已,她果然就是孙水秀!孙水秀还活着,那么二哥杀人的证据和罪名自然就推翻了。母亲的坚持是对的,二哥是无辜的。

我问:"这些年,你去了哪里?人们都以为你……"我把"死"字忍住了,含在了嘴里。

孙水秀的父母都已死了,她的哥嫂招呼我们进屋喝茶。

孙水秀说:"刚听哥嫂说了,是我害了你们,我心里很愧疚。不怕你们笑话,当年我年轻不懂事被人贩子卖到一个偏僻的山沟里,几次逃跑都被他们抓了回来,后来在一次逃跑中被他们抓住,把我腿打断了,断了我逃跑的念想。再后来,我生了四个孩子,孩子大了,他们才放松了对我的戒备,答应了我回家的请求。"

我立即打电话报了警,牛所长带领警察立即赶来了。

我回到家里,把孙水秀活着的消息告诉了母亲,母亲沉默了半天,突然大哭。母亲哭够了,擦了擦泪水说:"明天,我要去县城找县长,这事必须要给我一个交代。"

在县城,我们被安排在县政府招待所里,并有专门的工作人员为我们服务。

我没想到的是这个显而易见的"杀人"冤案,以最快的速度被纠正了。

在法官宣判二哥无罪当庭释放的那一刻，母亲抱着无罪的二哥，母亲早已哭成了泪人，但那一刻她是幸福的。

二哥踏进磨子沟时正是黄昏，人们正围在电视机前看奥运会闭幕式，二哥的目光躲躲闪闪，磨子沟的变化让他有点不适应。吴麻子看见了二哥，他大声喊着二哥的名字，说："你回来了。"疯子也看见了二哥，他手舞足蹈在每家门前大声呼喊："二狗回来了！二狗回来了！"

磨子沟沸腾了，人们误解了二哥这么多年，都用愧疚的眼光打量着二哥。大姐、小妹和七弟等闻讯都赶来了。二哥木然地走进院子里时，步子蹒跚。鞭炮响了起来，噼里啪啦。

第二天，母亲大摆筵席，迎接二哥归来。

母亲特意让我去请陈大头，陈大头以身体不舒服婉言拒绝了。我说："黑牛在吧，让他也去吧？"陈大头说："他不在家，也不知道他去了哪里。"

酒席散场后，磨子沟重又恢复了平静。陈大头待在屋里不敢出门，他怕遇见我的母亲。他跟母亲打了赌，他怕母亲让他把汉江的水喝光。

阳光打在我家的院子里，阴影下老母亲与儿女坐着围在一起聊天，聊得正欢，一队人进来了，他们是来给二哥介绍工作的，同时还将免费为二哥提供学习手艺的机会。二哥为这些人的突然到访而感到惶恐、局促，县上的张县长打圆场说："一晃二十年，你得学会一门手艺养家。"

母亲说："都一把年纪了，学啥手艺？既然我儿子没罪，总要给我们一个说法吧？还有我被关押几个月，也该要给个说法吧？"

张县长说："我们今天就是为这事来的。"张县长指了指身边的一位人说,"这位就是县公安局的副局长,这位是法院的院长,由他来负责签订赔偿协议。"

我接过协议仔细看了看。

母亲死活不让签,副县长带人只好走了。

第二天,金区长突然到我家来,他现在已是县民政局局长了。他找到我,开门见山地说:"我也是没办法啊,是县委书记让我来跟你们谈谈,只要你们签订协议,县政府可以答应你们一切合理的条件。"

我说:"你先回吧,我给我母亲做做工作。"

我把赔偿情况告诉了母亲和二哥,二哥抽着烟,表情默然,他说:"你看着办吧。"母亲说:"不能便宜了他们,让他们赔礼道歉。"我说:"人家县长和局长都上门了,算是赔礼道歉。你看二哥的情况,要不我们就签了吧,有了钱,就给二哥找个伴吧,再说二哥两个儿子都是三十多岁的人了,也该成家了,连对象都没有。"

母亲沉默了。

第二天,副县长和县公安局的副局长又来到了磨子沟,商议签订赔偿协议。

经过谈判,母亲终于松了口,县公安局和法院有关负责人与二哥和母亲签订了协议。国家赔偿二哥二百多万元的消息在磨子沟里发酵,好多人羡慕不已。

人们都来看二哥,多年没走动的亲戚也来了,有人给二哥说媒,有人来混吃混喝,好多人是来向二哥借钱的,就连大姐和小妹也开口向二哥借钱。二哥怕一旦开了口子,人们都来借,到时不好收场,干脆一个都不借,说要给儿子修房和娶媳妇。

二哥的大儿和小儿把他们父亲当老爷一样伺候，左一声爹右一声爹，他们开始在父亲跟前诉苦，说父亲蹲监狱后，娘也走了，没爹没娘的孩子只好辍学，出门打工，没人能瞧得起他们，所以至今都没成家。

　　二哥听了泪水滚出来了，这些年，他确实欠孩子们太多了，他心里充满了愧疚。他说给他们各五十万，把房子修起来。

　　二嫂不知怎么也知道了消息，她改嫁到外地后，日子过得不如意，如今丈夫得病去世了，她回到了磨子沟来看二哥。她想跟二哥和好，二哥对她心里有气，直接对她说："好马不吃回头草。"二嫂自知无趣，不好意思提复婚的事了。

　　兄弟俩房子修了起来，又要装修费，二哥又各给了十万。房子修好后，装修果然漂亮，两层小洋楼。有了房子，媒人跟着就来了，然后就是定亲。结婚，二哥又各给了二十万。兄弟俩成家后，二嫂直接住进了新房，她不打算走了，亲娘住在儿子家，天经地义，外人也不好说什么。

　　二哥见二嫂住进了新房，他就回到老房子住，大有老死不相往来的意思。很快二哥的钱所剩不多了，他心里明白了，得留一点儿看病的钱和养老钱。大儿和小儿不满足，依然逼着二哥要钱，二哥说没钱。大儿和小儿互相猜忌，认为二哥偏心，把钱给了对方，结果兄弟俩反目成仇，都不管二哥了。大姐和小妹也是因为借钱的事，跟二哥关系闹僵了。

　　那些本来向二哥借钱没借到的人就趁机煽风点火，挑拨他们父子关系，父子之间成了仇人。二嫂也被两个儿媳赶了出来，她想回到老房，二哥又不同意，二嫂只好暂时住在我家。人们开始传播二哥的坏话，开始孤立二哥，慢慢二哥成了孤家寡人。

好几次，我看见二哥独自一人坐在屋里发呆。

我说："二哥，你跟二嫂复婚吧。"

二哥说："复个狗屁，她还不是听说老子有了点儿钱就来找我，我明告诉她，老子的钱一分都不给她，何况我现在口袋里的钱剩的也不多了。当年她无情，别怪老子无义。"

我说："今后你有什么打算？"

二哥说："过一天，算一天，有时我真不想活了，感觉人这一辈子没意思。"

我说："二哥，你千万别这样说。"

二哥说："我也不知道我在监狱里是怎么熬过来的，也许我一直有个信念，我是无辜的，我相信党相信政府，所以我挺了过来。出来后，不知道为什么，现实让我精神垮了，心里都是空的，我也不知道自己怎么就得罪了这么多人。"

沉默寡言的二哥突然对我说了很多话，其实二哥心里还是有数的，他一点儿都不傻。

二哥腿脚不方便，整天把自己关在屋里喝闷酒，不跟人交往，好几次我看见二哥躺在地上，身边堆满了酒瓶。

最近几天学校忙。周末，下起了雨。好几天没见二哥了，我推开了二哥家的门，门是虚掩着的，二哥躺在堂屋里一动不动，他的身边横七竖八地躺着几个空酒瓶。

我喊了一声二哥，他没反应，我去扶他，发现他的身体已僵硬了，我吓了一跳。二哥就这样悄悄地走了。

二哥走后不久，七弟黄家旺也走了，巧合的是他们的"走"法几乎是一模一样。

黄舅公和黄舅婆相继得病去世，黄家旺心情非常郁闷。他一直想发家致富，搞养殖种药材，结果没有一项成功，都亏本了。弟媳不免发些牢骚，他又不愿意听，结果就演变成争吵。后来弟媳常因一些鸡毛蒜皮的事跟他吵架，有一天吵得厉害，弟媳喝农药自杀了。黄家旺的心情更加郁闷了，心里充满了后悔和自责，孩子又在外打工，他就天天借酒浇愁，喝醉了就躺在地上，醒来后又继续喝。隔壁邻舍发现好久没见他了，好奇地推开门，发现黄家旺躺在冰冷的地上，身旁横七竖八地躺着十几个空酒瓶，他们喊着七弟的名字，见没有反应，一拉才发现黄家旺早已死了……

二十二

中央扶贫开发工作会议二〇一五年十一月二十七日至二十八日在北京召开。明确提出"到二〇二〇年我国现行标准下农村贫困人口实现脱贫，贫困县全部摘帽，解决区域性整体贫困"的目标要求，全面小康一个也不能少。

汉阴县地处秦巴腹地，由于地理、历史的原因，秦巴山区也是我国连片贫困地区。摆脱贫困，一直是汉阴人民最迫切的愿望。汉阴县委金书记积极响应中央号召，准备撸起袖子加油干，早日摘掉贫困县的帽子。一场脱贫攻坚战在全县拉开了，两千五百多名干部下沉一线，指导发展产业项目，开展易地扶贫搬迁工作。

金书记非常关心磨子沟脱贫问题，指定三名年轻干部驻扎磨子沟，其中一位三十出头，姓吴，被指定为第一书记，其余两位都是刚毕业不久的大学生，男的叫小张，女的叫小马。因为他们对磨子沟情况不太熟悉，上面考虑我是本地人，又是党员，加上年轻人都在外面打工，让我协助他们的工作。

脱贫攻坚战正式在磨子沟打响，三位扶贫干部吃住都在农民家。每天我带领他们进入每家每户做调查，寻找致贫原因，然后做统计，填各种表，建档立卡。磨子沟除了陈大头的两个儿子和其他少数几家外，基本都是贫困户。

为了更好开展工作，漩涡镇领导干部组织了村干部换届选举。这次领导干部入户做工作，让村民知道了选举的重要性。在镇上领导的监督下，我竟然高票当选为村支部书记兼村委会主任。其他几位村干部也选了出来，刘辉佳为支部副书记，黄牛为村委会副主任，村主任助理和文书都是磨子沟刚毕业的大学生。

几天后，吴书记找我交流工作，他说县上其他几个镇在搞移民搬迁工作，把山里的农民全部搬到县城或镇上平坦的地方，重新修建安居房。我说："这个办法是个不错的办法，安居乐业，但磨子沟又不像偏远的大山，离镇上也不太远，让他们离开祖祖辈辈住的地方，恐怕有点儿难。"吴书记决定试一试。

吴书记召集村民开会，讨论移民搬迁工作。没想到遭到全村的反对，金窝银窝不如自己的狗窝，村民都不愿意搬迁，多年前修安康水电站，他们折腾了一次，这次他们不愿意折腾，死都要死在磨子沟。

吴书记不甘心，带领扶贫干部入户做工作，没想到被村民赶了出来。扶贫干部原先住在农民家的，如今那几户也不让他们住了。

三个扶贫干部只好住在我家，吴书记唉声叹气。

我做了饭菜，弄了点酒，边喝边说："他们不愿意搬就算了吧，万一弄出人命，你我都不好交代是不？"

吴书记说："我想不通，我这是为他们好。"

我说："其实你们也要考虑他们实际的问题，让他们住进统一安置的楼房，他们大多没有其他收入，他们种地也不方便了，他们吃啥喝啥？他们养的牛羊猪，还有各种农具怎么办？也让猪牛住楼房？"

移民搬迁的事搁置了，吴书记再也没提这事。

村干部选举出来了，办公的问题就凸显出来了。第一书记就把这里的情况汇报给了上面，很快资金到位，村委会办公楼和村部文化活动广场立即开始修建。很快，三层漂亮的村委会办公楼和宽阔的文化活动广场修建了起来。村委会办公楼顶上的国旗在风中飘扬，广场上种有花花草草，还有运动器材，广场顿时成了村民们聚集的场合，有几位大妈竟然在这里跳起了广场舞。

办公楼有了，磨子沟的村干部决定一起撸起袖子加油干，召集村民开了几次会，听取了大家的意见。磨子沟被巴山汉水环抱，长期面临交通不便、通信困难、电力不足、吃不上自来水的窘境。三位扶贫干部认真听取，还做了笔记。吴书记当场表态，他来想办法争取扶贫资金。

开完会，吴书记就去镇上和县上汇报工作和争取资金。

为补齐发展短板，县纪委监委将完善基础设施作为帮扶工作的重中之重。吴书记忙前忙后，终于争取到了一笔扶贫资金。经过商量，村上出钱，村民出力，先后为磨子沟协调治理了村部背面滑坡点，防止泥石流发生；对村部卫生室进行了提升改造；新建村组道路四十一点四公里,家家通水泥路,终于告别了磨子沟下雨天无法出门的历史;建成集中供水水厂四处、水塔三处、集水井三处、高抽一处,解决了全村村民基本生产生活用水需求;还改造老旧供电线路两公里,新增变压器一台,移动通信基站一座,实施了覆盖全村四百二十四户的安全人饮工程项目等。同时还建成光伏项目,新增太阳能路灯五十盏,配备垃圾车一辆,垃圾桶三十个。

磨子沟越来越干净漂亮了,大家都看在眼里,村民们也开始大力拥护和支持扶贫的工作了。

为了使村民富裕起来,我召集大家开了几次会,让大家畅所欲言,怎么才能让磨子沟村民的腰包都鼓起来。有人说还是老本行,搞种植业,种水稻、油菜、黑豆、黄豆、苞谷和红薯。有人说搞养殖业,养猪牛羊鸡……有人说种药材、茶树和水果,如天麻、杜仲、猕猴桃……大家争论不休,村干部也很为难,也不知道主打产业到底弄啥好。

磨子沟的情况我非常熟悉,磨子沟贫困群众收入主要以务工为主,一些妇女还要在家照顾老人小孩,没法外出务工,粮食家禽也是自用为主,村上没有成规模的特色产业,在家群众的增收渠道基本为零。

我私下跟扶贫干部谈了几次,谈了我的观点,认为要打赢脱贫攻坚战,根本在于强产业。

吴书记赞同我的观点,他说他会把磨子沟的实际情况汇报上去。吴书记是个办事认真负责的人,也是一位好党员,他立即回县城给县扶贫办汇报工作。

几天后,县委金书记带领县直相关部门主要负责同志深入镇村开展调研，为镇村产业发展找"方子"。金书记平易近人，他对磨子沟的情况也比较熟悉，村民热情地欢迎他，他跟大家拉家常，了解村民的情况和诉求。

此后，金书记自己一人也来调研了几次，没有人陪同，他走遍了村里的沟沟坎坎、家家户户，真正做到了村不漏组、组不漏户、户不漏人。

金书记看见一个老人独自在梯田里收割油菜，他主动上去帮忙，给人家散烟拉家常，了解老人家里情况，老人儿女都在外打工，过年才能回来。我刚好路过，看到蓝天白云青山绿水的梯田之间，一个头戴草帽的农民正在挥舞着镰刀帮一个老人收割油菜。刚开始我没认出是金书记，以为就是一个普通农民，走了几步我回头一看，他也正在看我，我认出来了，连忙说："金书记，你怎么来了？我帮你吧，你歇歇！"

金书记擦了擦额头的汗说："我怎么不能来？以前我经常跟农民同吃同住同劳动，这点苦算不了什么。"

我说："我知道，你是人民的好公仆。"

驻村吴书记闻讯也赶了过来，他赤着脚，裤腿绾得很高，腿上还有泥巴，他说："金书记，你来也不提前通知一声，我正在帮一个孤寡老人收割庄稼。"

金书记说："这两天油菜收割在即，村里老人还不少吧？"

吴书记拍了拍自己的头说："你看我这记性，我们不是有机关志愿服务队吗？我马上跟他们联系。"

第二天，二十余名帮扶干部和志愿者来到磨子沟村认领任务，帮老人和困难群众共同收割油菜。一群头戴草帽、身穿红色志愿服的劳动者在田野里挥舞着镰刀，在磨子沟形成一道亮丽的风景线。

后来，金书记又来了几次，跟群众打成了一片。金书记还召集村干部和扶贫干部商讨磨子沟的情况，最终开出了长期产业以茶叶为主，中短期产业以特色种植、养殖为主的"长中短"产业相结合的"良方"。

方向明确后，县纪委监委先后指导磨子沟村成立经济合作社和互助资金协会，协助磨子沟村引进嘉木田园科技有限公司相关项目，发展茶叶育苗基地六十亩，成立爱硒茶业专业合作社，发展社员两百户，争取高标准连片茶园农田设施项目五百亩。协助磨子沟村成立茶叶专业合作社，流转土地六百亩，新栽植茶园五百五十亩，改造茶园一百亩，协调茶叶产业园基础设施道路建设三公里，高标准连片茶园农田设施项目五百亩。不久，还积极争取到县上企业家十万元的捐赠资金用于支持磨子沟村茶叶产业发展。

在持续巩固茶叶产业基础上，我和吴书记还积极联系农业技术专家指导村民发展辣椒、太子参、羊肚菌、拐枣种植和生猪、蚕桑、牛羊养殖等见效快的中短期产业，让村民看得见收益，提得起干劲。

茶园发展了起来，养殖业和种植业也同时跟进。过去一直在外地务工的年轻人，因为疫情影响出不了门，我和驻村干部就给他们做工作，让他们到村上茶叶合作社来务工，每天一百多块钱，工资和在外面打工差不多，每天还发口罩、量体温，特殊时期，他们觉得这个钱挣得也放心。慢慢地，他们感受到了在家乡也能挣钱，好多年轻人留了下来，有的搞养殖业，有的搞种植业。

磨子沟的村民人人有事干了，茶树的种植灌溉采摘管理都是当地村民，加上养殖业和种植业，村民不用出门打工就可以在家挣到钱了。

发展，这些产业终成气候，每年村民分红的利润非常可观，村民的腰包也鼓了起来。

吴书记感觉仍没有达到理想效果，总觉得缺点什么，他多次找我谈心，讨论如何才能让磨子沟的人真正富起来，让磨子沟成为全国响当当的模范示范村，让磨子沟成为人们学习的榜样村。

那天阳光很好，吴书记拽着我朝山坡上的梯田走去，站在山顶，一层一层梯田非常壮观，如果赶上油菜花开的季节，这个地方是绝佳的观景点。蓝天白云，梯田和山坡茶树，远去的连绵的群山和蜿蜒的汉江皆可见。

吴书记说："我在吴麻子家里发现了一本发黄家谱，我大致看了一下，他们这支吴姓家族是由清代乾隆年间湖南长沙府善化县吴氏家族移民过来的。"

我说："我小时候就听说吴家是从湖南逃荒过来的，这一点儿也不奇怪啊，吴家当年在这里也是大户人家啊。我听我爹讲过，他去过吴家大四合院，有前院、后院、东院、西院、正院、偏院、跨院、书房院等等，总之相当大。"

吴书记指了指说："是那个位置吗？"

我说："是的。"

吴书记站在梯田田坎上，认认真真地观察那些用石头垒砌的田坎，他的手上不知啥时多了一个放大镜，不时对着石头照来照去。

我说："你在干吗？"

吴书记说："我从小喜欢考古，高考我填报的第一志愿就是考古专业，结果录取到中文系去了，否则我现在就是一个考古专家了。"

我说："你发现了什么？"

吴书记不说话，突然大喊一声："不得了！"

我不屑地说："一堆破石头而已。"

吴书记郑重地说："这是有故事的石头，上面还有字。"

二十三

省上考古队来到了磨子沟，他们说是来搞全国文物大普查，其实是金书记请他们来的。

吴书记已向金书记汇报了磨子沟的情况，如果这真是吴家家谱记载的他们祖先开垦的古梯田的话，那么磨子沟就有很好的开发前景。陕南汉阴是明清时期湖广移民大县，这里是北大著名教授、新文化运动先驱沈士远、沈尹默、沈兼士故里，也是家训文化之乡、陕西书法之乡和陕菜之乡。汉阴是革命老区，这里出了几位将军，也是陕南人民抗日第一军的诞生地，红军也在这里战斗和驻扎过。如果把旅游和红色资源融合在一起，营造浓厚的革命传统教育氛围，切实保护好红色资源，那真是一举两得，还可带来经济发展。

磨子沟的山坡上有一大片梯田，这些考古队员在梯田旁安营扎寨下来。他们这里挖挖，那里挖挖，引来好多村民围观。

后来，我看了电视，县电视新闻上是这样说的，磨子沟梯田是目前秦巴山区考古发现的面积最大、保存最完整的清代梯田。电视上还说，这片梯田距今逾二百五十年。据考证，漩涡镇一带的古梯田是由清代中叶湖南长沙府善化县吴氏家族移居当地后，以吴氏族人为主营建的。它集"山、水、田、寨、村、屋、庙、农"为一体，融"浑厚、雅致、奇趣、清新、壮美"于一身，是天人合一的伟大杰作。

接着好消息不断，磨子沟梯田被列为省级重点文物保护单位、省级水利风景区、国家水利风景区、中国最美田园，被纳入凤凰山森林公园，并将在磨子沟建立全国首个移民生态博物馆。

平静的磨子沟又开始热闹了，人们饭后围坐在大古树下的石凳上开始叽叽喳喳讨论。

劁猪匠看见了我，笑着说："刘老师，你现在是村主任，你的消息广，刘辉佳又是你家亲戚，给我们说说，磨子沟大张旗鼓弄梯田，为了啥？"

我说："我听扶贫干部说过，磨子沟靠搞养殖种茶叶种药材来发家致富太慢了，如今县上领导终于寻找到了一条路，搞旅游业，发展磨子沟经济。"

"独眼龙"说："磨子沟穷乡僻壤，搞啥旅游业。"

我说："你才错了，现在城里人都喜欢往乡下跑，你看我们磨子沟风景如画，枯藤老树梯田，小桥流水人家，山谷两边森林茂密，溪声潺潺，鸟语花香。特别是一到春天，梯田全是油菜花，金灿灿一片，山谷里开满樱桃花、桃花、李子花……"

劁猪匠拍了一巴掌说："我在这里住了一辈子，都没发现美，听你这么一说，磨子沟确实太美了！"

人们哈哈笑了。

我接着说:"现在家家房子宽敞,我们再把农家乐办起来,让那些在外打工的年轻人都回来,我们就坐在家里,让城里人来消费,到时候我们也学学城里人,你们说那日子过得将是多么舒坦!"

人们又哈哈笑了。

吴麻子说:"我做梦都没想到,磨子沟会发生翻天覆地的变化,想想那些照煤油灯的日子,想想那些吃了上顿没有下顿的日子……"吴麻子说着说着就哭了。

劁猪匠说:"是啊,现在农村合作医疗,看病可以报销,以前重大疾病不敢去医院,看不起啊,现在可好了,都可以报销了。还有,现在年满六十岁,每月国家还给发钱……总之一句话,感谢党,感谢政府!"

吴麻子抹了抹眼泪说:"对,吃水不忘挖井人!感谢党,感谢政府!"

我说:"是的,要感谢党,感谢政府!"

第二天,磨子沟来了好几辆小车,人们围了上去看热闹。

从车上下来一个人,原来是金书记。金书记给大家打招呼,人们一见是金书记,嘻嘻哈哈笑了起来。

陪同的漩涡镇长让大家严肃点,注意形象,不要乱开玩笑。金书记摆了摆手说:"当官不像官,百姓最喜欢。何况我是党员,我是人民公仆。"

大家哈哈笑了起来。

我和刘辉佳闻讯也跑了过来,我抓住金书记的手说:"大家一直盼你带领大家发家致富呢。"

金书记说:"我这次来就是考察梯田和生态博物馆建设情况的,准备带领大家发家致富。"

掌声响了起来。

刘辉佳大声说:"我告诉大家一个秘密,当年磨子沟发生干旱,田里的秧苗都快干死了,是我们的金书记自掏腰包联系水泵为大家免费抽水,让大家度过了灾年,让大家肚子没有挨饿。"

金书记挥了挥手说:"都是过去的事了,别提了。"

刘辉佳也挥了挥手说:"大家都散了吧,金书记还有正事,要去考察梯田呢。"

大家兴高采烈地散了。

金书记对刘辉佳说:"今天晚上我就住在磨子沟,跟大家唠唠嗑。"

当天下午,金书记在刘辉佳家吃了便饭,在磨子沟四周走了走,还看望了一位孤寡老人。晚上大家聚在刘辉佳的院子里,里三层外三层。金书记向大家介绍了梯田的情况,他说磨子沟梯田背面也是梯田,包括凤江梯田和堰坪梯田,依山傍水分布在海拔五百米至六百五十米之间,连片共一点二万余亩。而建在磨子沟的梯田生态博物馆是我国北方第一个以自然山水为背景,以古梯田为展品,以民风民俗为陪衬,保护和展示传统农耕文明生产方式的开放式生态博物馆。准备着力打造冯家堡子遗址、太平堡寨址、吴家花屋、川竹寨风景、赖家湾古村落、黄龙庙和牌楼等几处景观。

大家鼓起了掌,眼里充满了期待。

金书记接着说:"明年三月,汉阴县第一届油菜花节将在凤凰山森林公园磨子沟梯田召开,此次活动将以'游磨子沟梯田、观油菜花海、品富硒美食、赏民俗文化'为主题。届时，将举行凤凰山森林公园磨子沟古梯田景区开园活动，并为全省第一家生态博物馆磨子沟古梯田生态博物馆揭牌，同时还将开展陕西省凤凰山森林公园古梯田景区万人游活动、富硒食品展销及特色小吃推介活动、三月三物资交流会、焰火晚会等一系列活动。旅游怎能少了美食，我们要让游客吃饱耍美，我们要举行'汉水蒸盆会'、汉阴炕炕馍制作大赛、'食惠汉阴'烩面片大赛。同时我们将邀请汉阴名厨送艺下乡，在磨子沟古梯田景区及农家乐集中点举办汉阴美食烹饪技艺培训，展演厨艺、展览美食。"

掌声响了起来。

金书记接着说："我们不仅要办油菜花节，还要大力扶贫，我们的目标是村村有致富产业，户户有增收项目。谁想搞田园蔬菜种植、农家乐、养殖等等，我们不仅支持，还将推出无息贷款……"

最后金书记让漩涡镇长讲话，镇长说："磨子沟将要大力种植油菜，每种植一亩油菜，政府将有补贴，同时发展农家乐。需要办农家乐的就在村委会副主任刘辉佳那里登记，报镇上备案和考核，考核通过就发营业执照……"

金书记打断镇长的话说："现在就报名登记，争取这几天就把这些事定下来。定下来后，房子该装修的就要重新装修，家具该添置的也好提前准备。"

镇长说："好，特事特办，现场办公。"

人们纷纷举手表示愿意办农家乐，也有人表示愿意弄养殖业和种植业。

金书记走后，磨子沟又开始忙了，生态博物馆、冯家堡子遗址、太平堡寨址、吴家花屋、川竹寨风景也在加班加点地修建，马路在拓宽，梯田小路和观景点也在规划中。村民们同样热火朝天，忙于种植油菜、装修房屋、采购家具……同时刘辉佳还成立了民俗表演团，把村里的老人和妇女组织起来，排练"漩涡彩龙船"，唱"花鼓子"和民歌小调，准备在开幕式上向游客表演。特别是"漩涡彩龙船"，长期以来一直是陕南地区以及汉江沿岸影响较大的民间舞蹈，因其独特的地方文化、特殊的表演形式、浓厚的地域风情而驰名。

磨子沟里每天洋溢着欢声笑语，人们憧憬着美好的生活，等待着油菜花节开幕。

二十四

春天终于来到了磨子沟。

油菜花开了，磨子沟古梯田金灿灿一片，层层环抱着山脊，从山脚盘绕到山顶，大如曲池，小似新月，形状各异，各具特色，阡陌相连，高低错落，层层叠叠，成了花的海洋。从高处远望，梯田的一条条优美曲线或平行或交叉，在莽莽森林的掩映中，在漫漫云海的覆盖下，其线条行云流水，其规模磅礴壮观，构成了壮丽而隽秀的景观。

一家又一家的农家乐开业了，在外打工的年轻人纷纷回来了。

磨子沟的开幕式台子已搭建好，彩旗飘飘，大大的气球飘在空中，条幅上的大字非常醒目：汉阴县第一届油菜花节盛大开幕。

开幕这天，磨子沟从来没有这么热闹过，磨子沟里停满了汽车，主办方还请了全国有名的主持人、歌唱家和演员来助阵。大批记者也赶来了，一家电视台还做着直播。

金书记穿着西服，打着领带，面带微笑走上台，宣布汉阴县第一届油菜花节开幕。台下人山人海，掌声雷鸣般响了起来。接着庄严的国歌在磨子沟响了起来，五星红旗飘扬在磨子沟的上空。

接着就是歌舞演唱小品等节目纷纷亮相，磨子沟第一家民俗表演团终于上场了。刘辉佳扮演纤夫，他肩挎褡裢布袋，手持船篙，船前左右各两人背负索绳做拉船状，周边数名男女持彩灯呈两行而立。船主是山豹的媳妇，打扮得花枝招展，她在节奏不断变化的锣鼓点的伴奏中，时而表演逆水行舟，时而表演顺水而流，时而水流湍急，时而船陷浅滩，波涛颠簸，倾倒歪斜，动作优美，生动活泼。两行男女扭着秧歌，表情搞怪夸张，时不时做些滑稽的动作，引得观众哈哈大笑。接着纤夫和船主开始对唱山歌，他们的打情骂俏恰到好处，又让观众哈哈大笑。

民俗表演团的表演很成功，给磨子沟的人长了脸。

农家乐家家爆满，好多要提前预订。农家乐推出的"十大名菜"非常受欢迎，特别是汉水蒸盆子是外地客人必点的一道菜。加上"八大小吃"可以说让客人大饱口福。有的游客吃了赞不绝口，回去后就把亲朋好友又带过来品尝。当地的土特产也是供不应求，他们喜滋滋地自己在地里采摘。

晚上，磨子沟又是焰火晚会，人们围着焰火跳着欢快的舞蹈。因游客太多，好多人没有地方住，就在野外支起了帐篷。

报纸和电视台的宣传，加上游客的口口相传，人们很快知道了磨子沟这个世外桃源。自驾游、旅行团来了一批又一批，人们在油菜花里拍照留影，流连忘返。

油菜花节的成功举办，带动了磨子沟的经济发展。

油菜花节结束后，磨子沟农家乐的生意除了冬季外，其他季节都很好。附近的人们请客、过生日，不在镇上酒馆办了，人们喜欢在农家乐办了。特别是一到周末，生意就特别好，城里的人纷纷跑到农家乐，休闲娱乐购买农家产品。

磨子沟农家乐办得红红火火，种植业、养殖业等同样也办得红红火火。

汉阴县每年的油菜花节都在磨子沟古梯田召开。

二十五

春天又来到了磨子沟，磨子沟的油菜花又开了。

乡村振兴战略让磨子沟发生了翻天覆地的变化，村村通路，都是水泥路，还有漂亮的路灯，家家都重新修了房子，家家都住上了洋楼不说，一家比一家漂亮。做饭都是液化气灶，彻底告别了用柴火做饭的历史。城里人有的，磨子沟也都有了，液晶大电视、冰箱、热水器、空调、电脑、电话、手机等等，以前每一样东西在磨子沟来说都是宝贝，如今家家都有了。甚至连汽车都不是什么稀奇的东西了，村里年轻人开的汽车一个比一个好。有了钱，村民也开始重视孩子的教育了，好多大人都把孩子送到县城、汉中、安康、西安去上学，有的甚至还送到国外去上学。为了便于宣传和推广，县上领导把磨子沟古梯田改名为凤堰古梯田，景区也做了修缮，于是有关凤堰古梯田的宣传报道越来越多，连中央电视台也对凤堰古梯田做了几次隆重的报道。

凤堰古梯田出名了，还被确定为国家AAAA级旅游景区，景区已被列为全国重点文物保护单位、全国首座开放式移民生态博物馆、中国重要农业文化遗产名录。全国各地的游客一拨又一拨来参观和旅游。村民们富裕了，原先那个土墙的村庄消失了，一块儿消失的还有我母亲。母亲走的头一天，她来到了三爹的坟头烧了纸，哭了一通，说现在社会如何如何好，说他死早了，不然可以见到他没见过的东西，享受到以前不敢想的美好生活，想吃啥就能吃到啥……没想到的是第二天，我喊母亲起来吃饭，母亲没有反应，平时母亲天不亮就起床了，我拉了一下母亲的手，手僵硬冰冷。母亲就这样走了……母亲死后，我的心里总有种说不出的惆怅，总觉得少了点什么，心里又说不清楚。人生最痛苦的事是精神空虚，没有一点儿寄托。

如今年轻人都玩起了微信，老人不甘落伍，也玩起了微信，有啥事就在群里通知一声。村委会的广场修建得很漂亮，一到晚上大家就聚在这里跳广场舞。日子过好了，不知道为啥有时我还怀念住土墙房的日子，吃饭时端个碗，从东家跑到西家；怀念寒冷的冬天大家围在火炉旁侃大山的情景；怀念点煤油灯的岁月……

我常常怀念过去，也许是我老了。

村里好多小孩开始喊我"爷爷"了，我在镜子里看到自己的满头白发时，意识到自己真的老了。

我来到了刘家祖坟，跪在了母亲的坟面前。我想起了我的妻子和女儿,我想明年去澜沧江看蝴蝶,去澜沧江看她们母女俩。我要以行动告诉她们,这个世界还有很多比金钱更重要的事。如果有可能,我也想化作澜沧江的一只蝴蝶,这样我就可以永远陪伴她们了!

这些年来,我目睹了太多的死亡,大哥、大嫂、二哥、三哥、大姐、小妹、黄家旺、母亲等等,他们都先后离开了我,老一辈的只剩下我这个孤寡老人了。我跪在刘家祖坟面前,刘家坟院如今规划得井井有条,公和婆的双人坟排在前面,后面就是大伯和伯娘、二伯和二婶、三爹和我母亲的坟,紧跟在他们后面的就是大哥、二哥、三哥、四哥和六弟的坟……我在野花盛开的墓侧坐了下来,我想跟他们说话,他们却静静地躺在这里。如今日子好过了,他们却长眠在此,永远地睡着了,而我却惭愧地活着,也许我的日子也不多了,但我要坚强地活着,好好地活着。母亲生前特别喜欢花,很奇怪,她埋葬在这里以后,以前没多少花的刘家祖坟附近山坡上的野花就开得铺天盖地。

一个山坳里,散着大片不同于别处的桃花。

我站了起来,抬头仰望,阳光灿烂,一只老鹰在山谷盘旋,桃花和油菜花开得正浓,那山层层叠叠,没有穷尽。

后记

小时候,我生活在陕南的乡下,那时不通公路,不通电,吃水要到几里外的井里去挑水,所以接触的书非常有限。印象最深的还是小人书,小人书可以说是我的文学启蒙书。

我家离学校有七八里路,中午放学我们一般不回家吃饭,就吃自带的干粮。省下的钱,我常常会在放学后跑到镇上唯一一家书店买下心仪的书。有时没钱了,偶尔从母亲手上"骗",就说学校要交钱。事后败露,免不了挨打,但买小人书的热情不减。一年又一年过去了,我竟买了几百本。《水浒传》《三国演义》《说唐》《封神演义》《西游记》等等,这些小人书激发了我最初的文学梦。

回顾这些年走过的路,感触很多。观察生活,写生活,让作品闪烁思想和艺术的光芒,是我一生都在追求的。

生活,从不是坦途,而是一片荆棘,没有谁能够一辈子顺心如意。

我时常思考生与死的问题,而生与死恰是每个人都要面对的问题。如何让我们短暂的一生,活得更有价值?那时,我就想要写一部关于生与死的书，写一部以爱为主题的书，写一部能为生命洒满爱的阳光的书。于是我想到了十多年前，我采访的牛东院夫妇，夫妻两人都是教师，女儿病逝后，他们把女儿的骨灰撒在了澜沧江上。后来，夫妻二人把工作从陕南调到了澜沧江边的一所学校，他们说要陪伴女儿。再后来，他爱人病逝，他依然待在澜沧江边默默地陪伴女儿和妻子。他们的故事让我感动，因此，便有了《春天说来就来》。

文学即人学。作家的创作方式，说到底是作品的风格，作品的风格又体现在作者能否调动具有合理密度的小说艺术手段，来表述或诠释好这个故事。一千个小说家有一千种写法，生动有趣地讲好故事，努力塑造更多有血有肉的典型人物，始终是我追求的目标。

文学是神圣的，有时我在想，文学能不能成为一种信仰？卡夫卡说："人要生活，就一定要有信仰。信仰什么？相信一切事和一切时刻的合理的内在联系，相信生活作为整体将永远继续下去，相信最近的东西和最远的东西。"所以，信仰就是一种坚信的力量，是一种前进的动力，是永不放弃。小说让我们看到，当文学作为一种信仰时，人将变得如此高贵，灵魂将变得如此美丽。

记得有一句话是这样说的："人生就如挖井，与其挖很多口无水的浅井，不如专心挖掘一口有水的深井。"

为了一口有水的深井，我会一直挖下去。